野武士軍団の詩《うた》

つまかわうじきよ

文芸社

目次　野武士軍団の詩

第四章 花開く……169

この作品は、著者の体験に基づいた小説ですが、モデルになった人物名、会社名等は全て仮名にしてあります。

NOBUSHI
BASEBALL CLUB

第一章

低迷期

旅立ち

昭和四十四年三月二十四日、私は東京多摩地区の駅の車中で「下車待ち」の状態であった。

当時はJRではなく国鉄と言われ、今は廃線となった下河原線の北府中駅だ。就職先、大手電機メーカー「アズマ電機多摩工場」の最寄り駅である。

当時の高卒新入社員のほとんどがそうだったように、詰襟の学生服姿だった。

その日の早朝、新幹線名古屋駅で母親に、まるで〝今生の別れ〟のような大袈裟な涙で見送られ、ちょっと気恥ずかしい想いを何とか振り切って、新幹線に乗り込んだ。

母は決して人は悪くはないのだが、気位が高く、涙脆く、若干オーバーリアクション気味で、その性格は私が引き継いでいるのかもしれない。

そのエピソードは、後ほど紹介するとしよう。

途中、富士山に少し感動を覚え、今後の自分に期待して、気分を奮い立たせたものだった。

二時間ほどで東京駅到着。中央線に乗り換え、神田、お茶の水、新宿、といった、当時のテレビやラジオで聞き慣れた駅名を経由し、ようやく辿り着いたところだった。しかしである。びっくりした。扉は開いたが、目の前にプラットホームがない。何と、駅員が小さなタラップのような梯子を持ってきてここから降りろと言うのだ。実は、その前の国分寺駅での下河原線乗り換えで、一両編成であることにも少し驚いてはいたが、「東京でこれはないだろう?」というのが、正直な感想であった。

後で分かるのだが、ここはアズマ電機多摩工場のための駅で、反対側に大きなプラットホームがあり、通勤ラッシュ時だけ複数の車両が運行し、そこで乗り降りするのだった。

名古屋の田舎から東京へ出てきたのに、「どっちが都会なの?」という気分だ。

私の名前は松山圭司。この年の春、愛知県の野球名門高を卒業し、これから社会人野球で名を上げ、あわよくばプロで大金を……といった野心を持つ元甲子園球児である。

アズマ電機多摩への就職は、前年夏の予選敗退後の夏休み明け九月、野球部監督・杉本文吉先生との進路確認面談で決まっていた。その面談中に私の目の前で、杉本先生が一年先輩、当時のアズマ電機多摩野球部・河野龍一監督に直接電話し即決したものであった。

その時、河野監督二十八歳、杉本先生二十七歳。今にして思えば、二人とも全くの〝若造〟ではあるが、それぞれに立派なリーダーである。時代そのものが若かった、という見方も出来る。

その会話の内容は、今でも記憶に残っている。いかにも当時の若者らしい軽いノリで、他愛のない冗談を交えての世間話のついでに杉本先生が、

「ところで、うちにいい内野手が一人いるんだけど、河野さんとこで面倒見てくれない？　絶対使える将来有望な大型内野手だよ。それに、もう一人ピッチャーも付ける

から、よろしく頼んます」

　これで就職先決定である。

「もう一人のピッチャー」とは、私と同期のマネージャーで、本当は投手など未経験の福岡慎一だ。

　その言葉に、河野監督も実技の確認など何もなしでＯＫを出してしまっていた。

（こんな簡単に、将来が決まっちゃうんだ……）

　ちょっと、びっくりしたものである。

　もっとも、アズマ電機は日本有数の大企業なので、家族や周りからは随分喜ばれたものだったが……。

　その頃の我が母校は、前々年甲子園春夏連覇、前年夏ベスト４の実績から「日本一の野球校」と言われ、就職、進学共に引く手数多《あまた》の状態で、私も「早稲田なら行けるぞ」と、監督からは進学を奨められていた。

　当時は進学率も高くなく、早稲田入学に要する学力も今ほど必要ではなかったのだ。

真偽のほどは不確かだが、当時、立教大学在学中の長嶋茂雄氏が「野球部長嶋茂雄」と答案用紙に記入しただけで、全ての試験を通った、と言う伝説があるくらいだ。

そんな中、私は経済的理由から、進路を就職にした。

同級生のチームメイトが、東京六大学や社会人野球の強豪チームへと進路決定していく中、超一流企業とはいえ、聞いたこともないチームへの就職は、ちょっとした屈辱で、極端に言えば「敗北感」と言ってもいいくらいの感覚であった。

ここから、様々な出会いや体験を経て成長していく経緯を、様々なエピソードを交えながら語っていくのだが、「弱小社会人野球チーム〝アズマ電機多摩〟で本当に良かったのだろうか？」……そんな不安を抱えたままの「旅立ち」であった。

始まり

同日、私は翌日入社式を控えた高卒新人だけの社員寮に入った。

木造二階建てで、一階は受付と管理人室、談話室兼会議室の大広間、それに、一般社員用の部屋が一部屋だけ、指導員部屋として配置されていた。

管理人室には、後のエピソードにも登場する、妙に甲高い声の、五十代の寮母さんと、その家族が住んでいた。寮母さんには二人の息子さんがいて、兄はアズマ電機多摩の従業員で我々の一年先輩、弟はまだ中学生で「マコト」と呼ばれて皆から可愛がられていた。

実はもう一人、兄貴より若干年上の娘さんもいたのだが、さすがに「男子独身寮」ということもあって、同居という訳にもいかなかった。時々訪ねてくるのだが、聞いたところによると、当時「モデル」をやっていたらしく、なかなかの美人で、田舎では見たこともないような化粧と、ちょっと派手目で露出過多な服装でやってくるものだから、そのたびに寮全体がザワザワしたものである。その上、気さくな娘さんで、私も「松山くん、元気？」なんて言われただけで、ドキドキした記憶がある。

指導員部屋には「チューター」と呼ばれる二、三歳年上の先輩独身社員二名が居住していた。

二階は全て新入社員の部屋で、六畳二間の四人部屋が五、六部屋あったと記憶している。

地方出身の高卒新入社員が、このような独身寮五、六カ所に分散して生活していた。

私は、石川県金沢市出身、同じく野球部の武井邦夫と同室となった。

後年、野球部専用の寮が出来るが、それまでにはまだ四年の月日を要する。

当時は高度成長真っ只中で、多摩工場だけで高卒新人四〇〇名以上の採用があり、工場全体で七〇〇〇人の従業員を抱え、「目指せ月間生産高三億円」をスローガンに、活気に溢れていた。初任給は二万四五〇〇円であった。

夕方、私と武井は、寮の目の前が練習グラウンドであったことと、武井の出身校の先輩が村田雄二監督だったこともあって、グラウンド脇の、部室である更衣室兼用具置き場の小屋に挨拶に行った。

実は村田は新監督で、前年まで私の学校の先輩、河野龍一が監督だったのである。そんな縁もあって武井と同室になったのかもしれないが、新監督から、即練習着に着替えるよう言われ、二人は入社式前ではあったが練習に参加した。


その時の練習の様子は、今でも鮮烈に記憶に残っている。

練習開始は定時後らしく、五時の終業チャイムが鳴ると、広い工場敷地内から、自転車を走らせて大急ぎで部室に集まり、各自ウォーミングアップを済ませ、いきなりフリーバッティングである。

その間三十分、五時半頃から一時間程度の打撃練習の後、暗くなりかけの時間に、バックネットにつけた心許ない照明の中でノックが始まり、それも一時間程度で終わらせて、その後ベースランニング。

「とにかく、よく走る！」というのが第一感だ。

一通り練習が終わると、バックネット前に全員集合し、正座して〝黙想〟。それで練習終了だが、ほとんどは居残りで、ランニングやティーバッティングに励んでいた。

皆が真面目で、一瞬感動を覚えたほどだった。高校時代、名門校の名前に胡坐《あぐら》をかき、何とか楽をしよう、サボろう、と考えていた自分を省みて、恥ずかしい思いであった。

秋から冬になり日が短くなり、暗くてものがよく見えない時は、ボールに石灰を塗って少しでも見やすくしてのノックである。

これは、その当時全盛のスター選手・長嶋茂雄が、まだ無名の大学時代、監督から受けたといわれる、伝説の「月夜のノック」の件《くだり》を模したものであろう。

その頃の野球少年は、このエピソードを漫画等で大概は知っていたものである。

翌日は入社式だった。それから月末まで各種教育を受け、四月一日付けで職場に配属された。

私の配属先は当時発足したばかりの昇降機（エレベータ・エスカレータ）部門で、職種は、普通科出身の私には全く未経験なのはもちろん、右も左も分からない、板金加工の現場であった。

同部門には、同じ野球部の一年先輩、茨城県竜ケ崎出身の、小柄だが強面《こわもて》で真面目《まじめ》な捕手・佐島茂と、愛知県豊橋出身、大柄で若干わがままな投手・長崎広志のバッテリーがいた。

もちろん教育期間中も練習は続き、総勢二十五人の先輩部員ともようやく打ち解けてきた感じがあった。

当然新人歓迎会もあり、酒席での話ではあるが、部の歴史、成り立ち等も聞かされた。

当時は今ほど未成年の飲酒や喫煙にうるさくなくて、新人の寮にも普通に灰皿が用意されていて、歓迎会でも先輩と一緒に飲み食いし、呑み潰れたヤツが何人もいたものだった。

隠れて飲酒・喫煙されて、事件や問題を起こされるより、飲酒・喫煙者を把握して、人事管理した方が得策という、企業としての考えもあったようだ。

アズマ電機といえば、神奈川に本社があり、そちらの野球部は、全国区の強豪として名を馳せていたが、その多摩工場硬式野球部は、社会人野球連盟南関東地区多摩支部の所属で、全国的には、ほぼ無名であった。

無名高卒球児を集め、平常は昼休みの僅かな時間と定時後の五時以降に三々五々集まり……といった前述のような練習環境で、なかなか思うような成績を残せずにいた。

実は多摩工場硬式野球部も、その前の年から甲子園球児や地方大会でかなりの実績を残した選手を採用するようになってきていた。ただし、他の有力チームのように、野球部だからといって特別待遇とか手当があるわけではなく、一般従業員と全く同じ給与体系での採用だった。

例えば、甲子園ベスト4まで勝ち進んだ、北九州の強豪高出身の岩倉憲夫、本村潔。岩倉は主将まで務めた逸材だし、茨城県竜ケ崎出身の佐島茂も甲子園球児である。

愛知県豊橋出身の左腕投手・長崎広志は、夏の甲子園の愛知県予選で、当時実力日本一と言われた我が母校に対し、九回一死まで零封していたが、最後にボークでサヨナラ負けを喫して、愛知県ではちょっと話題になった投手である。私も当時二年生で、ベンチから大喜びで飛び出していったのをよく覚えている。

その他にも、東京の名門私学出身、佐藤一男、佐賀の強豪校出身の加野博といった面々。

こんな風に、一年前には、かなりの補強がなされていた。

ただ、その練習環境のせいで、個人的な技量のスキルアップがなかなか思うに任せず、その改善を求めて、後に強豪チームへ移籍した有力選手も何人かいた。

アズマ電機多摩硬式野球部が、本社や他の有力チームのように、常時「午後から練習」となるには、あと四年の歳月を待たねばならなかった。

一年目（昭和四十四年）

当時は、昭和三十六年から十年計画で実施された「所得倍増計画」の後期で、右肩上がりの高度経済成長の真っ只中であった。

事実、初任給二万四五〇〇円が、二、三年で五万円程度になった記憶がある。

各企業も「従業員の士気向上」と、福利厚生及び宣伝効果を期待してのスポーツ、とりわけ、国民的人気の野球には力を入れていた、という時代背景もある。

アズマ電機多摩硬式野球部もその恩恵を受け、私が入部する二年前ほどから、結構な数の高卒新人の入部があった。戦後ベビーブーム後期生まれの年代が、当時の高度経済成長と相まって……といったところであろうか。

その年のメンバー構成では、昭和二十三年から二十五年生まれ（入社三年以内）が、各年代六〜八名、合計二十一名を占めていた。

その他に、監督、コーチ、マネージャー各一名、入社四年目以上四名の、計二十八名からなり、最年長でも天田博之コーチの二十九歳、村田監督二十七歳という若いチームだった。

新入社員は、就職決定のくだりで名前の出た、我が母校出身の同級生・福岡、それに武井と私の他に、鹿児島出身の投手・白井哲夫、福岡出身の捕手・滝上義男、栃木県足利出身の外野手・西川譲二の六人。監督ももちろん選手兼任だ。

その一人一人を紹介する紙面は確保出来ないが、適宜エピソードの中で取り上げていこう。

当時練習は、普段は定時後の五時からで、都市対抗予選の一カ月ほど前から敗退するまでは、三時練習開始という具合だ。その練習と、まれにある平日の練習試合の時は、「体育出張」という名目で勤務表に記載され、職場を離れることになる。

そんな経緯もあって、普段は仕事優先であまり顔を見せない先輩も、その時期だけはやってくることになる。後に監督となる竹内泰男と、中野祐雄の二人がそうであった。

二人とも投手で、竹内は東京の野球名門校、中野は佐賀県の公立工業高校卒だ。竹内は野球理論に長じていて、たびたび基本的な形や動きを教えてくれていた。後のエピソードでも触れるが、キャッチボールの時の腕の上げ下ろしや、打撃練習では、バットの軌道等を、こと細かく夢中で説明して、夜中までかかるということもたびたび。とにかく始まったら、〝やめられないとまらない〟の「かっぱえびせん」だった。

中野は「精神論者」で、礼儀やしつけにうるさく、私もよく無作法を注意されたものであった。

ある時、私が打撃練習の順番待ちで、バットのグリップエンドにお尻を乗せて、「つっかえ棒状態」で待機していたところ、つかつかと寄ってきて、何も言わずいきなり、つっかえ棒のバットを蹴飛ばし、私がバランスを崩して倒れたところを、ヘルメットの上からではあるが、思いっ切りグローブで引っ叩いて一言、

「何だその態度は！　大事なバットを尻にしてもたれかかるなんて、もっての他。

よーく考えてみろ！」

と、しこたま叱られた。

「道具を大事にしない者は絶対大成しない」ということを、しっかり叩き込まれたのだ。

そんなに練習出席率のよくない二人だが、野球の実力は確かなもので、いつどこで練習してるんだろうと不思議なくらい、試合では活躍した。

二人は野手も兼任したが、完投してホームランなんてこともたびたびあって、驚いたものだった。

既婚者であった二人は、後に私も入ることになる、古い木造二階建て集合住宅の社宅に住み、時折、後輩部員を自宅に呼んで食事させていた。私も何回か呼ばれ、遠慮なくご馳走になったのだが、後々、自分がその立場になり、その伝統を守るべく後輩達を呼んでみると、薄給の中、自分達が先輩や奥様に、どんなに迷惑をかけていたかということを痛感したものである。

そうこうしているうちに、都市対抗野球第一次予選多摩地区大会開幕日がやってきた。

当時の多摩地区は、アズマ電機多摩と「向井建設」「森建設」の建築会社二社、地域クラブチームの「オール調布」の四チームから成り、総当たりのリーグ戦で予選を戦い、上位二チームが、二次予選である南関東大会へ進出する、という方式であった。

第一回戦の相手は、クラブチームの「オール調布」。これには、問題なくコールド勝ちしたが、続く「向井建設」と「森建設」にはあえなく連敗し、あっと言う間に一年目の夏は終わってしまった。

高校野球と違ってここで「号泣」とはならない。また来年、再来年と続いていくのである。

何年か後に、その甘さがこの状態を作り出していることに気付くのではあるが……。

その時の先発メンバーは、
一番　佐藤　一男（遊・二年目・十九歳）東京都私立高校出身

二番　本村　潔　（二・二年目・十九歳）福岡県公立工業高校出身
三番　白井　武　（右・六年目・二十四歳）愛媛県公立工業高校出身・主将
四番　野口　政雄（中・三年目・二十歳）愛知県公立商業高校出身
五番　岩倉　憲夫（三・二年目・十九歳）福岡県公立工業高校出身
六番　加野　博　（一・二年目・十九歳）佐賀県公立工業高校身
七番　吉尾　準一（左・二年目・十九歳）群馬県公立高校出身
八番　佐島　茂　（捕・二年目・十九歳）茨城県公立高校出身
九番　長崎　広志（投・二年目・十九歳）愛知県私立高校出身

　であった。

　見ての通りほとんどが高卒入社二、三年目の若造、というよりは小僧で、何人もの大学野球経験者を揃えた、当時好況の建設会社チームにはまだまだ歯が立たなかった。

　この年は、練習試合も含めて年間十試合程度しか組めず、「これでノンプロ？」というのが、正直な感想であった。

　こんな調子で、あっと言う間に一年目のシーズンは終わってしまった。

屈辱の敗戦

一年目のシーズンの、数少ない練習試合の中で、印象に残る敗戦があった。

相手は「オール相模原」。主に相模原市役所勤務の職員で編成されたチームで、聞くところによると週二回、土・日だけの活動らしい。

その日の試合も日曜日で、何人かの観客、とは言ってもグラウンドの近所の住人と犬の散歩ついでの人、それに、徹夜明けで非番の守衛のおじさんが二、三人、ビール片手に一塁側ベンチ後ろの土手に、寝転がって見ているといった風景であった。

我々は、他の一流チームのようにはいかないが、曲がりなりにも毎日練習はしているチーム。こんなクラブチームに負けるわけにはいかない、いや負けるはずがない、そう思っていた。

ところがふたを開けてみると、相手投手は典型的な技巧派。一六〇センチそこそこの小柄なアンダースローで、そもそもアンダースローを相手に練習したことがない若い選手達は、攻略の糸口も掴めぬまま、あっと言う間に回は進み、途中回、ワンチャンスで相手四番に3ランを浴びて、あえなく敗戦となってしまった。

後で分かったことだが、その時の相模原の四番は、二年後にテスト生として川崎市のプロ球団に入り、主力打者として活躍した高崎嘉一選手であった。

後に登場する合田博之もそうだが、プロでタイトルホルダーになれそうなプレイヤーが、スカウトの目が届かず、埋もれたままの状態でいることが、当時の野球界では社会人野球に限らず結構あったような気がする。

横道にそれてしまったので、試合に話を戻そう。

はじめのうちは、ゆっくりと一杯やりながら観戦していた守衛のおじさん達も、回が進むにつれて、徐々に興奮してきていた。

私も、新人ではあったが代打で出場し、意気込んで打席に立ったが、相手投手の術中にハマり、あえなくピッチャーゴロで凡退。

その時のおじさん達のヤジ。

「お前、どこの学校から来てるんだ！　全国一の野球学校じゃねえのか？　こんなピッチャーにやられて、何にも思わねえのか！」

練習試合だから、特にアナウンスとかしている訳ではないのだが、こういう人達は、妙に情報が早いのだ。

もちろん、酔いが回ってきたせいもあるのだろうが、負けが決まった瞬間は本気で怒っていた。

「お前ら、何、やってんだ。こんなクラブチームに負けて」

「恥ずかしいと思わないのか。もう、やめちまえ！」

凄い剣幕だ。

(何言ってんだ、酔っ払い！　悔しいのはお前じゃない！　俺達だ！)

と言いたいところを、ぐっとこらえて、その場を立ち去るしかなかった。

屈辱だった。

しかし彼らこそ、最高に愛情溢れる「ファン」であることに間違いはない。

いつも口うるさくて、ヤジも厳しいが、必死で応援してくれていた姿を私は決して忘れない。心から、感謝！　感謝！　である。

「田舎じゃありません。名古屋です」

私が入社して三カ月を過ぎた頃、故郷の母から小包が届いた。

私の好物、甘納豆、かりん糖などのお菓子と、短い手紙が添えてあった。

私が、初月給から、五〇〇〇円を仕送りした謝礼のつもりであろう。

母は、名古屋の有名な材木屋の娘で、父はその家の奉公人の番頭で、いわゆる「婿養子」であった。第二次世界大戦の空襲で焼き出され、一時避難のつもりで郊外に引っ越したが、戦後のどさくさで家財産全てを失った、今風に言えば〝没落セレブ〟といったところだ。

それ故、我が家は食うや食わずの生活ではあったが、いつもプライドだけは高かった。

そのお陰、と言っていいかどうか、なぜか我が家には本がたくさん置いてあって、他に楽しみもないものだから、私は「少年少女文学全集」や「楽しい神話や伝説」とか「偉人伝」などを、やたら読みまくった記憶がある。そのお陰で、私は小学三年生頃には、ほぼ日本の歴史の流れの概要を掴んでいたという、風変わりな子供であった。

ただし、私の知識は小学生まででで終わり、中学以降は野球漬けの毎日で、ほとんど読書の時間はなく、追加される情報はなかったと思う。

父は、戦後の没落に責任を感じ、昔風に言えば〝お家再興〟とばかりに頑張っていた。

しかし正直な性格と持ち前の正義感が災いして、何をやってもうまくいかなかったようで、多くは語らなかったが何度かは人の好さに付け込まれて騙され、借金も抱えていたようだ。

したがって我が家は極貧で、当日の晩飯もあるかないか分からない、といった生活であった。

高校卒業まで暮らした家は、六畳二間と台所、風呂付きの借家で、そこに私を含めた五人姉弟と両親の七人暮らし。

そんな暮らしなので、私立高進学など思いもよらなかったが、たまたま入った公立中学校の野球部で、幸運にも当時愛知県でも指折りの「名伯楽」であった野球部顧問・中井孝雄先生の熱血指導で好成績を上げ、授業料免除で名門私立校に入学することが出来たのである。

「天の時・地の利・人の和」とはよく言ったもので、偶然育った時期や、土地、人との出会いは摩訶不思議なものである。

高校卒業後大学進学の話もあったが、さすがに我が家の経済状況を考えて、就職に至ったのだった。

私の育ちの話はともかく、荷物が届いた日に、母から寮に電話があったとのことだった。

私は外出中で、寮母さんが電話を取ったのだが、

「あいにく、松山さんは外出中です」と寮母さん。

「それでは、帰ったら家に電話するよう伝えて下さい」と母。

「分かりました。〝田舎《いなか》〟に電話するよう伝えます」と寮母さん。

東京では、生まれ育った場所を〝田舎〟と言うのは普通で、地方出身者が多いせいもあるのだろうが、ごく一般的な表現だ。

ところが名古屋では、生まれ育った場所は〝在所《ざいしょ》〟と言い、〝田舎〟とは辺鄙《へんぴ》なところ、僻地を表す言葉で、いわゆる〝田舎者〟と言った蔑称ですらある。

そこで、母が言った一言。

「田舎じゃありません。名古屋です！」

〝誇り高き名古屋人〟の面目躍如、である。

「私がその坂井です」

その当時のメンバーで、埼玉県深谷出身の坂井定男がいた。

私より四年先輩で、小柄ではあるが、センスの塊といった感じの内野手であった。

彼の口癖は「基本が全部完璧に出来ればプロだぞ！」であった。

事実練習熱心で、毎日居残りでの基本練習に余念がなかった。

ただしかなりの〝呑兵衛〟で、毎日のように後輩を引き連れて、夜の街に繰り出し、〝ツケ〟で呑み回っていた。

別に女遊びをするとかではなく、後輩達と、先ほどの「基本が云々」等の野球談議をするだけなのであるが、後年そのツケ（借金）が原因で退職することになる。


そんな中で聞いた、彼自身のエピソードがある。

彼は高校時代、かなりの〝ワル〟だったとのことで、野球以外でも名が通っていたらしい。

特に硬派で有名で、喧嘩は深谷近辺では負けたことがないという。

坂井本人は、硬派なだけで法に触れるようなことはしていないのだが、周りの輩《やから》に相当のワルがたくさんいたらしく、彼の話の中に「ヒロポン」「シャブ」といった言葉が飛び交って、私も少しビビった記憶がある。

人情に厚い坂井は、彼らを助けることも多く、慕われて仕方なくその中心的存在になっていた、というのが真相のようだ。


そんな坂井が帰省した時の話だ。

入社して三年ほど経ったシーズンオフ、坂井は地元の深谷近くを電車で走っていた。帰郷途中で、たまたま乗り合わせた、いかにも「不良」と言いたげな風情《ふぜい》の高校生三人を、ちょっと前の自分と重ね合わせて、懐かしさと少しの愛しさで、知らず知らず、ニヤついた表情で見てしまっていた。

すると、それに気付いた三人が「ガンをつけられた」と思ったのか、歩み寄ってきた。

そして、そのうちの一人が、

「何だ、何か用か？　文句あるのか？」

と言ってきた。

「いや、私も三年前までは皆さんと同じように通っていたので、懐かしくて、つい見てしまいました」

坂井がそう答えたところ、少年は、

「そうか、どこまで帰るんだ？」

「新町です」

少年は、ナメられてはいけないと思ったのか、自分の知っている限り、この近辺で一番のワルの名前を出して言った。

「新町なら、坂井さん知ってるか？」

おそらく、この名前を出して、その人と知り合いと知れば、こいつも恐れ入ってしまうだろう……。との考えだったようだ。

坂井は、仕方なく答えた。

「私がその坂井ですけど」

「……」

暫《しば》しの沈黙の後、

「ヒエーイ！」

声にならない叫びを発して、少年達は飛び退いた。

そして、

「失礼しました！」

という言葉と最敬礼を残して、その車両を飛び出していったのだった。

初対面ではあるが、「可愛い後輩」ではある。坂井は苦笑しながらそんなことを思った。

赤提灯「正勝《まさかつ》」

初年度のシーズンオフ、私達新人は坂井と二年先輩の野口政雄、寺島功、柿本晴夫に連れられ、彼ら行きつけの赤提灯の店へ入った。

店の名前は「正勝《まさかつ》」といった。

ちょっと上品な感じの五十代くらいの女将《おかみ》と、同じ年代の、とても元気で恰幅のいい「はるさん」という女中さんの二人で店を切り盛りしていた。

「正勝のおばちゃん」、あるいは「お母さん」、そして「はるさん」と呼ばれ、その辺りの常連客にしてみれば、母親代わりのような存在であった。

そこの家庭料理がまた絶品で、アズマ電機多摩の独身寮で生活する社員の「憩いの場」になっていた。

特に何ということはないメニューだが、いつも社員食堂の定食や、仕出しの弁当を食べている単身者にとっては、出来たての温かさと、その味、人情は格別だった。

お薦め料理を上げればきりがないが、アジの干物、サンマの塩焼き、玉葱と魚肉ソーセージの炒め物、肉豆腐、湯豆腐等々……。腹一杯呑んで食べても、一〇〇〇円でお釣りが来た。

キリンビールの大瓶一本が一六〇円～一八〇円というのが、当時の赤提灯の相場であった。

薄給で食べ盛りの若者にとって、その「安さ」「量」「味」は格別で、月給のほとんどを「ツケ」で消費して、支払い当日の給料日から、また「ツケ」が始まるという日々だ。

こんな生活では貯金も出来ず、若い女性との出会いもほとんどなく、皆、結構爽やかな若者達ではあったが、「浮いた噂」とか、いわゆる「モテ話」は聞いたことがなかった。

ここで私は酒の味や大人の付き合いを覚え、「ツケ」という大人のシステムも知ることになる。

ところで、なぜこのメンバーだったのか、検証してみると、運動部の先輩後輩の関係では大体において、一年違いはあまり良好ではない。

全部がそうではないが、例えば高校の場合、三年生と二年生は同じポジションではライバル関係になることが多く、「可愛い後輩」とはならないのだろう。そういったことから、一年おきに先輩・後輩のグループ（派閥）が出来上がると勝手に分析している。

そしてこのメンバー。坂井は入社五年目、野口・寺島・柿本は三年目、私は一年目。見事に、このチャート（図式）に合致するのだった。

さて、坂井は紹介済みだが、他の三名も簡単に紹介しておこう。

野口政雄は愛知県の公立商業高校卒の左利きの外野手で、当時四番を打っていた。後に合田博之が入部するまでそれは続き、この年代でただ一人の社会人野球永年在籍十年の表彰を受け、後の野武士軍団の中心選手となっていく。

寺島功は宮城県仙台の公立工業高校卒、右投げの投手で、当時18番のエースナンバーを背負っていた。真面目な努力家で、いつも居残りランニングを欠かさなかった。柿本晴夫は秋田県の公立工業高校卒、外野手で、真面目を絵に描いたような人物。こちらも居残りのティー打撃を欠かさなかった。後に出来る野球部専用寮の寮長になる。いずれも大酒呑みで、店のビールが品切れになるほど呑むこともあったが、不思議に真面目で、呑めば必ず熱い野球談議になり、下ネタは聞いたことがなかった。

そんなところが気に入られたのか、女将から絶大の信頼を得た野球部のメンバーは、「ツケ」で、毎日のように晩飯の世話になっていた。

その後、後輩も入り、その伝統（？）は、女将が病気で他界する六年後まで続くことになる。

勝っては呑み、負けては呑み、そこでのエピソードは、この後も数多く語られる。

せめてあと一年、病床で無理だったかもしれないが、生きてさえいてくれれば……。

正勝のおばちゃんに、その後の皆の勇姿を見せられなかったことは、今でも心残りである。

二年目（昭和四十五年）

翌年は六人の新入部があった。

「七〇年組」では、愛知県三河の農業高校出身投手・彦野計一、東京の私学出身内野手・丹生雄一郎、それに、捕手で後にマネージャーとなる、秋田県能代出身・北山万作の三人が、後々の主力メンバーに名を連ねることになる。

彦野は身長一八〇センチ超の、当時としては大柄な投手で、低めに伸びる直球に見るべきものがあり、アズマ電機多摩「黎明期」の主力投手であった。後にエースの座は後輩・島野和志に取って代わられるが、プロ野球の実技テスト合格経験もある逸材であった。

丹生は真面目な努力家で、プレー自体は若干泥臭い感じだが、堅実な守備と強肩、それにしぶとい打撃は、後にデビューする、巨人軍の川相昌弘のようなタイプの遊撃手である。

彼は当時の社会人選手には珍しい「坊主頭」を、現役中は貫き通していた。入社したての頃、同期でただ一人実家から学生服で通勤していた彼を見て、当時の牛尾監督が「学生さん、学生さん」と呼んでからかっていたのを思い出す。

また、初練習の後、私が夕食に六十円の社員食堂定食をご馳走したのだが、それを六十歳を過ぎた今でも忘れずにいて、

「マッさん、あれは美味かった。あの味は一生忘れない」

と、会うたびに言ってくれる、義理堅い男である。

北山は私と同期の入社であるが、一般入社のため、一年目は軟式野球のクラブチーム所属で、どうしても硬式野球がやりたくて、自ら売り込んでの入部だった。

当時はまだ、定時後の練習が主体だったこともあって、監督・コーチ・マネージャーの誰かが認めればＯＫといった「純アマチュア」の雰囲気で、いわゆる「ノンプロ」というような厳しい風土はなく、他にも何人か同じような部員がいた。

その他に、北九州の強豪校出身の捕手・緒山正、愛知県三河の公立高校出身投手・中尾吉伸、それに、石川県金沢市出身で、私と同期の武井邦夫の後輩・谷口康夫が入部した。

このシーズンから、三年前に本社野球部に請われて出向していた、投手の牛尾英樹が復帰し、監督に就任した。二十八歳、もちろん現役兼任だ。

本社に引き抜かれたほどなので、多摩地区での、実績・知名度は抜群だった。真面目な努力家で、中々の熱血漢。しかも明朗快活でユーモアもあり、誰からも慕われるヒーロー的存在であった。

「これで多摩地区予選は楽勝で通過だろう」と、誰も思っていた。

しかし、牛尾には少し違った思惑があったようだった。

〝なぜ本社野球部から多摩工場に戻されたのか？〟

二十八歳という年齢から来る「力の衰え」。それは自分自身が一番痛切に分かっていた。

ならばどうする……？　自ずと答えは出た。

「後継者」を育てるしかない。

該当者は三年目、二十歳の投手・長崎広志。愛知県出身の左腕である。

牛尾は、ことさら彼には辛く当たった。とにかくランニングを強要した。

走る時は牛尾も並走し、その努力を背中で見せていたし、長崎も必死の頑張りで、その期待に応えていた。

その練習の成果で、長崎の下半身はがっちりしてきて、球に力も加わって、春先の練習試合や、都市対抗前哨戦の多摩地区春季大会でも好成績を上げ、いよいよ本番の、都市対抗多摩地区予選を迎えることになった。

当時の野球界、特にアマチュア野球では、今と違って投手に分業制という考え方はなく、エースは三連投四連投が当たり前で、とにかく、チームのために遮二無二頑張るのが美学。そうして、大会で「最高殊勲選手賞を取って一人前」という考え方が主流であった。

事実、牛尾も、そうして多摩支部大会のＭＶＰである「古屋賞」を複数回受賞した実績を買われて、本社に引き抜かれた経緯があった。

そうした考え方が、「甲子園優勝投手は大成しない」というようなジンクスに繋がっていたのは、ある面事実であろうが、当事者は、そんなことは考えもしないものである。

長崎もご多聞に漏れず、頑張ってしまった。

練習試合や前哨戦の大会では、二番手・三番手投手にも出番は作られるが、リーグ戦ではあるが、ほぼ一発勝負の都市対抗予選では、当然のようにエースの連投となった。

一回戦対「オール調布」。本来これには楽勝で、五回〜七回コールド勝ちを目論んでいたのだが、こういった大会にはよくある話で、相手技巧派投手の「ノラリクラリ投法」に打線が沈黙し、勝つには勝ったが、三対〇の完投となってしまった。

なぜクラブチーム相手にエースが先発？　と思われる方もいるだろうが、監督としては、「エースに三勝させて〝ＭＶＰ〟を取らせ、大きな自信にさせたい」という狙いがあった。

そこで、クラブチーム相手であっても、まず先発させ、序盤に得点して勝ち投手の権利をつかみ、二番手以降につなぐという胸算用であった。

ところが、打線が誤算で、心ならずも完投させる羽目になってしまったのだ。

その結果、二戦目、三戦目の、互角以上の相手「向井建設」「森建設」に対しても、エース長崎で行くほか選択肢はなくなってしまった。

案の定接戦になり、向井建設には三対二で辛勝したが、森建設には一対二の惜敗で、通算二勝一敗。第二位で、辛うじて第一次多摩地区予選を通過したのであった。

この一次予選で、長崎は三試合完投。「敢闘賞」を受賞した。

あまりコントロールがいい方ではなかったため、三日で五〇〇球弱を投げるという羽目に陥ってしまった。

その時点でその左腕にかなりの傷みを負わせていたのは、想像に難くない。

若干わがままではあるが、「意気に感ずる」タイプの長崎は、その痛みを誰にも言わなかった。

「チームのために」「皆の信頼を裏切らないために」、必死で頑張り続けた。

第二次予選南関東大会、一気にそのツケが回ってきた。

第一回戦。対「本村自工」。この試合は第一次予選が終わってから日程が空いていたため、長崎は強豪相手に八回を二点に抑える好投で、本村に冷や汗をかかせたが、味方の援護なく〇対二の惜敗。

翌日の敗者復活第一回戦、対「ジャパン運送」。その時にはもう、その左腕は上がらなくなっていた。

三回も持たずにＫＯ。チームも長崎と共に撃沈し、この年の都市対抗は「終戦」となった。

当時は、今のような「スポーツ医学」といった概念はなく、「手術をしたら、投手生命は終わり」と言われていた。その治療法は、鍼・灸あるいは電気マッサージ程度のものだった。

その他諸々、伝手《つて》を頼っての治療の甲斐もなく、長崎の野球人生も社会人三年目で終焉を迎えてしまった。素質十分な左腕であっただけに、至極無念だった。

三年目（昭和四十六年）

この年、昭和四十六年には八人の新入部があった。

そのうち、五年後（昭和五十一年）まで在籍するのは、後のエースで静岡県出身・島野和志と、佐賀県出身・松井鉄夫の両投手。内野手で鹿児島県出身・新野清。外野手は秋田県出身・伊能和夫、福岡県出身・梁田利明、福山隆道の合計六名である。

また、昭和四十六年時点の在籍者のうち、新人以外で五年後まで在籍したのは、昭和三十七年入部の、後の監督・竹内、四十二年入部の野口、四十三年入部の佐島、四十四年の私、四十五年の彦野、丹生、マネージャーとなる北山の七名だけ。

そして、この年に在籍していたすべての選手のうち、五年後にレギュラーとしてスターティングメンバーに名を連ねるのは、野口、丹生、この年入部の投手・島野の三名のみであった。

ＯＢ名簿と自分の記憶で、名簿外の人数を調べてみると、その昭和三十七年から昭和四十六年の間に約五十名の入部があり、レギュラー率は六パーセント、五年後在籍率は二十六パーセントだった。

こうして調べてみると、この世界で五年以上生き残っていくのが、いかに困難かが分かる。社会人野球でさえ、五年後には四分の三が消え去り、レギュラーになれる確率は一〇〇人に六人。ましてや、プロの世界ともなれば……である。

プロ野球の野手でレギュラーを取れば、ほぼ十年はその位置を譲ることはないだろう。

ということは、ザックリ言ってではあるが、各球団でレギュラーポジションが空くのは、十年に一度と考えた方がいい。したがって、プロでレギュラーを張っている野手は、全て「十年に一度の逸材」ということである。

世の、自分の息子に夢を持っている親御さんに水を差すようであるが、それくらい厳しく、難しい世界である、ということを分かっていただきたい。

話は横道にそれてしまったが、この年は前年までのエース長崎が故障で退部し、牛尾兼任監督と、前年入部の彦野の二人が投手陣を背負うことになった。

加えて、その年、私の一年先輩の本村潔、岩倉憲夫、同期の武井邦夫の退部があった。

彼らはそれぞれに力があり、その自信があっての、他の強豪チームへの移籍であったが、移籍後のチームでの都市対抗出場はなかった。その後、何人かの同様の退部者が出たが、やはり同様の結果であった。

「継続は力なり」とは、よく言ったものである。

さて、いよいよその年の都市対抗第一次予選、多摩地区大会の時期がやってきた。

オープン戦、前哨戦の大会での結果を見て、その年のエースは牛尾兼任監督となっていた。

彦野は、力もあり成長もしていたが、まだまだ二年目。経験不足は否めなかった。

実は彦野は、前年にプロ球団「日拓フライヤーズ（現・日本ハムファイターズ）」の入団テストを受け、合格していたが、あえてアズマ電機多摩に残っているらしかった。本人談であるから、真偽のほどは不明だが、事実、低めに伸びる球は見るべきものがあった。

そのせいかどうかは分からないが、少し生意気なところがあって、先輩連中からは、あまり可愛がられる方ではなかった。

得てして投手というものは、そういった性格の連中が多いし、また、そうでなくては務まらないポジションでもあった。

話を多摩地区予選に戻そう。大会は前年同様の組み合わせで、第一戦は対「オール調布」であった。

前年と違い、序盤から打線が爆発し、したがってエース牛尾は五回で降板しての、十対〇の七回コールド勝ち。

第二戦「向井建設」、第三戦「森建設」も接戦ながら勝ちを拾って、三戦全勝で一次予選通過。牛尾は、自身三回目の多摩大会ＭＶＰ「古屋賞」受賞で優勝に花を添えた。

しかし、この年の戦績は前年とあまり変化はなく、二次予選南関東大会は敗者復活一回戦で敗退。

まあ、「強豪相手でも、コールド負けを喫するチームではなくなってきている」とは言えた。

詩《うた》

当時の練習風景や、部員達の気持ちをよく表現した詩《うた》がある。

いずれも、当時の流行り歌の替え歌だが、なかなかの表現力で、宴会などでは大いに盛り上がったものであった。

こういうものは、大体、監督、コーチや先輩を揶揄したものが多い。

まずは、加山雄三の「お嫁においで」の替え歌。

この歌は、当時の鬼コーチ、天田博之氏のことを面白可笑しく歌ったものだ。

♪もしもグラウンドで　君のエラーを見つけたら
すぐにノックするから　レガース付けておいでよ
月もなく淋しい　暗い夜も

ボールに石灰塗ったら　見えるじゃないか
ノックが終わったら　すぐにベーラン始めよう
みんなを苦しめる　それが生き甲斐なのよ〜♪

練習に目を光らせていたコーチが、選手の緩慢なプレーや逃げ腰での捕球を見て、活を入れるべく、至近距離からのノックをするのだが、安全対策のために、キャッチャー用の防具一式を装着させることを歌っている。

五時過ぎからの練習なので、これをやる頃には暗くなることが多いので、「ボールに石灰……」のくだりが出てくるのだ。

ちなみに「ベーラン」とはベースランニングのことで、野球経験者なら皆分かるはずである。

次は吉田拓郎の「旅の宿」。

これも同じく鬼コーチを揶揄したもので、選手とコーチが一対一で行う、個人ノックの様子を歌ったものだ。

♪ノッカーの君は　ノックバット片手に
ボールを握って怒鳴る
「もう十本追加！」なんて、
妙にしつこいね

僕は僕で　五十本捕ったのに！
今日はもうこれで十分だ！　なんて思って
足がもつれちまって、
もうどうにも　動けない♪

ここで大体は、皆の声による間奏「チャララ、ラララララ〜ラ〜ララ〜」が入る。

♪ノッカーは益々　のってきて
右へ左へと走らせる
もう　くたばっちまって
声を出す気にも　なれないみたい♪

ここで再び間奏「チャララ、ラララララ～ラ～ララ～」が入り、盛り上がりは最高潮に。

♪そのうちノッカーも　くたばってきて
「ラスト五本だ！」なんて　声かける
「待ってました！」とばかり
僕は急に　動きがよくなる♪

もう一回最後に間奏「チャララ、ラララララ～ラ～ララ～」。

♪僕は何とか　五本さばき
ノッカーもようやく　一息つく
一〇〇本も捕ったろうか？
久し振りだね〝個人ノック〟なんて♪

やんややんやの大喝采である。
揶揄された当の天田「鬼」コーチも、口では大怒りだが、顔は満面大笑いだ。
最後に「ネリカンブルース」。
プロでもアマでも、野球部の寮ではよく使われる、いわゆる「定番」ってやつである。

♪故郷《くに》を出でから幾年《いくとせ》ぞ
野球・野球で今年も暮れる

可愛いあの娘《こ》も　はや他人《ひと》の妻
こんなおいらに惚れるヤツぁいねえ

仕事に疲れた足引きずって
着いたところが練習場
暗くなる頃　ノックを始め
ベーラン　ベーラン　またベーラン

辛い練習　終わった後に
行きつくところは〝赤提灯〟
たかが野球に　身をすり減らし
他に行けるとこ　ありゃしねえ

それでもいつかは〝後楽園〟へ

出て行くことを夢に見る
とうちゃん　かあちゃん　その時にゃ
見てくれ俺《おい》らの晴れ姿♪

この三部作で、大概の宴会は盛り上がる。都市対抗初出場の時もそうであったが、引退してからのＯＢ会でも必ず歌われる、いわゆる「すべりしらず！」ってやつである。

NOBUSHI
BASEBALL CLUB

第二章

黎明期

四年目の転機

入社四年目の昭和四十七年、その朴訥とした人柄で人望の厚かった、前年までの熊野武夫副部長が退任し、新たに副部長として金山巌夫が就任してから、様相が一変した。

彼は、この野球部のOBである。

自身は東京の名門野球部出身で、内野手として七年間在籍し、彼なりに練習に明け暮れ努力はしたが「いつまで経っても多摩地区止まり」という悔しい思いもしてきた。

しかしながら、二十五歳を迎え、高度成長期の繁忙で仕事優先となり、已むなく引退に至った経緯がある。

総務部在籍の金山は、それから十年以上を経て再び野球部に復帰することになった。

この野球部は歴代、工場の総務部長が硬式野球部長を兼任するのだが形式的なもので、実質的には副部長がナンバーワン、今風に言えば「ゼネラルマネージャー」といったところだ。

彼は欣喜雀躍《きんきじゃくやく》した。ようやくやりたい仕事にたどり着いたと思ったのだった。

その日から金山副部長は、全国の情報を集め、無名の高校球児をスカウティングする日々が始まった。

当時、弱小のアズマ電機多摩は、社会人野球チームとしては相手にされず、特に強豪校からは、ベンチにも入れない控え選手のうち、非進学希望者の就職先程度の扱いであった。

そこで金山は、無名校のエース、一・三・四番打者、遊撃手に絞って見て回った。無名であっても、各チームそれらのポジションにいる選手は、必ずいいもの（センス）を持っている、との確信から出た発想である。

二年後、高卒新人の大量入社があり、数名が、後の「野武士軍団」の主力を占めることとなるのだった。

この年の新入部は、後のエピソードでも登場する、愛知県大王製菓から移籍の高木幸夫と、秋田の公立高校出身の左腕投手・伊村忠志の二名のみであった。

伊村はいかにも「真面目」といった好青年で、彼の秋田訛りには心癒されたものである。彼は返事をする時、「はい」ではなくて「んだす！」と応えた。それを聞いて、思わず「何だそりゃ？」と、笑ってしまった記憶がある。

今にして思えば随分失礼な話だが、その言葉に〃ほっこり〃した気分になり、いっぺんに彼に好感を持ってしまった。その時すでに、伊村と同じ高校の一年先輩・伊能和夫が在籍していたが、伊能からそんな言葉は聞いたことがなかったのだ。

当時は北海道から鹿児島まで、全国から高卒の就職者がアズマ電機多摩工場に来ていて、ほぼ全員が、意識的に方言を封印して会話していた。

鹿児島出身の新野清に聞いた話だが、彼の小学校では「学校内方言禁止」というルールがあって、それを破ると「私は鹿児島弁を喋りました」の張り紙を背中に張られる辱《はずかし》めを受けるらしい。真偽のほどはともかく、とかく方言は隠したがるのが、当時の常であった。

そんな中、彼の朴訥とした態度は、とても新鮮に映った。

息吹《いぶき》

この年から、牛尾監督に代わって入社三年目の彦野が主戦投手となり、第一次多摩地区予選を一位で通過。

彦野は一次予選「ＭＶＰ」で、ようやくにして牛尾の後継者誕生と思われた。

そして二次予選。その年は多摩地区常連の森建設が一次予選敗退で、都市対抗野球独特の補強制度が適用され、森建設から何人かのベテランが、この若いチームに合流することになった。

その中の一人が、後のアズマ電機多摩に大きな影響を与える息吹を吹き込むのだ。

その人の名は鈴木和夫氏。当時三十は過ぎていたベテランで、森建設の選手兼任監督だった。

彼は早稲田大学出身の内野手で、その華麗な守備と、堅実な打撃には定評があった。

ちなみに、私の高校の杉本文吉監督が同じ大学の同期生で、私との初対面時に「おお、ブンちゃんの教え子か！」と懐かしそうに語り、以降可愛がって貰ったものだ。

牛尾監督の補強の狙いも、「選手」というより、その豊富な経験を生かしての「コーチ」としてのものであった。

鈴木選手もそれは承知していて、自らノックバットを持ち、若い選手の指導に当たっていた。

そんなある日、チーム全体でシートノックが始まった。

その前段の「ボール回し」の時のこと。彼はそれを止めて、内野手を集合させて言った。

「これからボールを回す時は、必ず自分が投げたい場所、例えば三塁なら『行くぞサード！』と言え。言われた方は、必ず『さあ来い！』あるいは『カモン！』、何でもいいから答えろ」

そして再開、今までと声の出し方が変わっただけだったが、何だか、ボールに感情が乗り移ったようで、チームに一体感が出てくるようなボール回しになっていた。

再度、皆を集めて、鈴木兼任コーチは言った。

「これまでのボール回しは、確かに〝元気〟はあったが〝活気〟に欠けていた。なぜか分かるか？　誰かに『元気出せ』って言われて、ただ意味もなく『ワーワー』言っていたのではそうなるよ。

〝声〟って何のために出すか、分かるか？　これは、スポーツ全てに当てはまるけど、まず一番目、〝自分の意志を伝える〟。

例えば、二人の間にボールが飛んだ時、〝自分が捕る〟という意味の『オーライ』と、相手に取って欲しい時の『任せた！』とかがそうだ。

今のボール回しで、自分の投げたいところ、例えば『サード！』と言って自分の意志を示し、受ける方も、『さあ来い！』と受け取る意思を明らかにする。

こういった受け答えがスポーツの声の〝原点〟だってことを忘れるな。そのための練習が〝ボール回し〟なんだよ。

二番目。〃味方に危険を知らせる〃、いわゆる警告。英語で言えば〃アラーム〃だな。普通によく出る『危ない！』ってやつがそうだけど、二人が同じように捕れそうな球を必死で追いかけている時に、周りの誰かがどちらが捕るか指示する声がそうだし、ランナーコーチの指示全般もそう。そもそも、ランナーコーチの存在そのものが、味方のランナーに危険を知らせるためのものだから、その声は、ほぼそれに該当する。『リーリー、バック（ゴー）』ってのや、『廻れ！』『ストップ！』もそれだな。

三番目に〃現在の状況確認〃。

皆がいつもやってるアウトカウントの確認、〃ワンナウト！　ワンナウト！〃とか、回数、塁上のランナーや、点差の確認なんかがこれだ。

この三つを常に頭に入れて、声を出す練習してごらん。きっと、練習にも活気が出て、チームの一体感も高まると思うよ。

一番大事なことは、声を掛けられた方は、確認の意味で必ず応えること！　それがないと意味をなさない、それが〃チームワーク〃に繋がっていくんだぞ」

確かにそうである。声は出すが一方的なことが多い。

チームメイトの声に〝応える〟という意識。

自分の〝意志を伝えよう〟という意識。

今まで考えたこともなかったが、「目から鱗が落ちる」思いであった。

一事が万事、鈴木兼任コーチは少年野球の指導のように徹底的に基本を教え、若い選手も新鮮な思いでそれに応えていった。


基本的には、キャッチボールから守備・打撃まで全てにおいて、下半身から、極端に言えば足の裏から順番に、「下から上へ連動していくことが基本」という教えである。

その意味では「とにかく走る」という、このチームの練習は正解ということになる。

打撃面では、変化球の打ち方にも、極めて具体的、かつ実践的な指導をしていた。

その時初めて聞いた言葉だが「目で溜める」という教えであった。

その指導法は、コーチが矢継ぎ早にトスを上げて、打者がそれをネットに向かって打つ、「ティーバッティング」と言われる練習の時、一定のリズムの中で、時々タイミングをずらしてトスを上げると、十中八九、打者はリズムを崩して、的確にボールの芯を捉えられなくなる。具体的には、上体が前のめりになって、下半身が使えず、十分にバットに力が伝えられなくなるのだ。

ところがその後、鈴木コーチは言うのだった。

「いいか、俺がトスを上げる時、手に持ったボールを最初から最後まで、要するに、体でタイミングだけ合わせるのではなくて、モーションを起こしてから、バットに当たるまで、ずーっと見続けるんだ」

するとどうだろう、それまでタイミングを狂わせて前のめりになっていた打者が、しっかりバットを溜めて、後足に体重を乗せて、ボールの芯を捉えているではないか。

これが、「目で溜める」ということである。

これは具体的に効果が出る練習で、その後も練習に取り入れてやっていたが、この練習で、最初からこのタイミングずらしについていくことが出来る打者はほとんどいなかった。

ただ、後に合田博之だけは、苦もなくこなしていたのを思い出す。

好打者に「いい目」はつきものなのだ。

そして鈴木コーチは、キャッチボールとトスバッティングの重要性も説いていった。

「正しい投げ方で、思うところに投げ、打つ方はそのボールを正しいポイントで捉えて、投げた相手に打ち返す。捕る方は、フットワークを使って正しい位置で捕球し、直ちに送球し、打つ方はまた打ち返す。その繰り返しで〝打つ〟〝捕る〟〝投げる〟の基本練習が全て出来てしまう。それさえ毎日真面目にやっていれば、他の練習は要らないと言っても過言じゃないくらい、大事な練習だということを忘れるな」

さらに、こうも言った。

「二人一組でこれが出来なければ、野球選手とは言わせないよ」

これも、鈴木コーチの持論だった。

その上で結論的な指導が一つ、それは「とにかく、格好良くなれ」

スタンドプレイと言われても、何でも構わない。「〝かっこいい〟が〝上手い〟の同義語だと思え」というものだ。

短い期間ではあったが、こうした練習のお陰で、選手個々の力は着実に向上していった。

そして、後に鈴木コーチに言われた言葉が、今でも強く印象に残っている。

「マツ、理論をいっぱい勉強して、いろいろ教えてもな、結局は本人が骨身を惜しんでやれるかどうかなんだよ。〝努力出来る〟ってのも才能でね、本当にそれが出来るのは、ほんの一部のヤツだけなんだ。これが一番の結論かもしれねえな」

私にとって、とても骨身にしみる一言であった。

その年の第二次予選南関東大会は、前年まで全く歯が立たなかった強豪「ジャパン運送」を、一回戦で四対六まで追い詰める惜敗。

敗者復活戦でも同じく強豪の「本村自工」に三対五。

「あと一歩のところまでは来てるかな？」と実感した年であった。

敗戦後

その年の都市対抗二次予選終了後、ちょっとした事件、一悶着があった。

その日、二次予選の敗者復活戦敗退後、試合会場からは貸切バスでの移動だが、その車内は、いわゆる〝打ち上げ〟ムードで、ちょっとした宴会と化していた。

悔しいことには間違いないのだが「くよくよしても仕方ない。また来年頑張ろう！」というところだった。

その後に一悶着あるなど、当事者である牛尾監督以外は誰も知る由もなかった。

そうこうしているうちに工場に帰着し、守衛所裏の空き地に集合して、最終ミーティングが始まった。もう暗くなっていたので、七時は過ぎていたのだろうが、そこの電柱の、心許ない灯りの下での出来事だった。

まず、牛尾監督が切り出した。

「皆、ご苦労さん。よく頑張った。結果は残念ながら〝去年と同じで一勝も出来ず〟だった。着実に力はついてきている。あと一歩のところまでは来ている、とは思うけど、結果は結果。二年連続の二次予選未勝利は監督の責任だ。申し訳ない。けじめをつけるため、監督を辞めたいと思っている」

との主旨であった。

おそらく、大会前から「負ければ今年限り」との覚悟はあったのであろう。

それに呼応して天田コーチが、

「監督とコーチは一心同体。ウシが本社から戻って監督になった時から、辞めるなら一緒と思ってきた。ウシが辞めるなら俺も同じだ」

と発言し辞意を表明した。

「それには黙ってられない」

とばかりに、もう一人のコーチ・竹内が語り始めた。

直接言われた訳ではないが、竹内も、何となく牛尾の気持ちに感づいてはいたのだ。

それでも、皆の前でこういう話をして、皆の総意が「監督留任」に一本化すれば、「翻意」もあると、期待して発言した。

「確かに負けたが、これは絶対監督のせいじゃない。逆に牛尾監督の下、選手も力を付けてきた。もう少しのところまで来ているはずだ。せめて、あと一年頑張ってみましょう！　ウシさん、頼みます」

真面目な熱血漢の彼は、すでに涙声である。

その場に座り込み、正座して頭を下げた。

それに同調して、この時の主将・野口も、

「ウシさん、一緒に後楽園行きましょう！」

と言った。そして強面《こわもて》のキャッチャー・佐島は、

「馬鹿野郎！　先輩が正座しているのに、立ってるヤツがいるか！」

と、あまりのことに呆然と立ち尽くす私と北山の頭を殴り付けてから、進み出て言った。

「俺も、野口さんと気持ちは一緒です。監督と一緒に行かないと、意味ないです」

「俺も、です！」「私も同じです！」

あちこちから、声が上がった。


困ったような表情を見せ、牛尾は語り出した。

「皆、有難う。その気持ちは本当に嬉しいし、感謝の気持ちでいっぱいだ。俺も頑張ってきたつもりだし、皆もよく付いてきてくれた。だけど、俺ももう三十だ。こんなこと言うと天田さんに怒られるけど、この歳までやれるとは、全く思ってなかった。こんな幸せなことはない、と思っているよ。人には〝分〟というのがあってね〝分相応〟とか〝分不相応〟っていうやつだよ。俺は、これまでのことで十分幸せ。これが〝分相応〟だと思ってる。これ以上、幸せを一人占めしちゃうと〝分不相応〟になっちゃう。

誰かに、次の幸せを引き継ぎたいと思うんだ」

そして、牛尾監督は竹内の肩に手をやり、こう言った。

「タケ、有難う！　俺の役目はここまでだ。あとは頼んだぞ」

周りに目をやると、なぜか全員正座して、あちこちから嗚咽《おえつ》が聞こえていた。

この時、天田〝鬼〟コーチ三十二歳、牛尾監督三十歳。当時の社会人野球選手としては、かなりの長命であった。

社会人野球協会には永年勤続表彰制度があり、七年、十年の在籍で受賞するのだが、その該当者は多摩地区でも、毎年一人いるかいないかっていうくらい稀有なのである。

五年目（昭和四十八年）

この年、大きな転機があった。

一つは監督交代。牛尾に代わって竹内泰男が就任した。

二つ目に前期終了後、野球部専用の寮が出来たこと。

三つ目は、前年まで積み上げてきた実績が認められ、野球部員の就業が午前中のみとなり、練習開始が午後からになったことである。

監督交代に伴い、コーチを始めとする首脳陣も一新され、鬼コーチとして名を馳せ、替え歌の材料にもなった、名物コーチ天田博之も退部となった。

代わってコーチには、これも、前述〝赤提灯「正勝」〟の項で出てきた野口政雄と寺島功が選手兼任で就任。監督三十歳、コーチ二十五歳の超若手首脳陣である。

野口のコーチ兼任に伴い空席となった主将には、捕手の佐島茂が就任。二十四歳である。

この年の入部は、社会人野球チーム「日拓ホームズ」からの移籍、小田芳光を始めとする六人だが、この年の新人で三年後の昭和五十一年まで生き残ったのは小田一人である。

前年から、このチームの主戦投手は、昭和四十五年入社の彦野が務め、多摩予選は三年連続で優勝し、多摩地区第一代表で第二次予選南関東大会進出となった。しかしながら、相変わらずその壁は厚く、ジャパン運送、日進車体に連敗し、あえなく二次予選敗退となった。

前年、今一歩のところまで来ていたのに比べ、〝一歩進んで二歩下がった〟感じの年であった。

大会後に佐島と彦野と三人で、正勝で呑む機会があったが、その時、彦野がしみじみ語った。

「ヤツら全員がそうではないが、主力バッターのほとんどは、変化球にビクともしないで、フルスイングしてくる。その怖さが、うちのバッターにはないんだな。やっぱりコツコツ当ててくるだけではね……」

「なるほど」とは思ったが、そう簡単に解決出来る問題ではなかった。

後々分かるのだが、才能もあるが、まずは絶対的な練習量の差、練習環境も大いに関係する。

後に導入するピッチングマシーンによるカーブ打ちの練習で、ある程度のレベルまでは技術は向上するのである。同じ練習時間でも、人が投げるのとマシーンとでは精度の差は歴然で、年間を通せば、打ち込む量が桁違いになっていくのである。

もちろんそれ以上のレベルになると、才能がものを言うのは、致し方ないことではあるが……。

人心一新

牛尾前監督辞任の表向きの理由は、〝仕事優先云々〟と言った、お決まりのものだった。

とは言っても、竹内新監督も牛尾前監督の一年後輩なだけである。

牛尾前監督ほどの明るさはないが、何事も真面目に取り組む竹内監督は、時に部員達に感銘を与えた。

理論派で熱血漢の彼は、時間を忘れ、打撃指導に夜十時過ぎまで掛かることもたびたびあった。

そんな彼が最初に取り組んだのが、グラウンドの草むしりと石拾いである。誰に強制するでもなく、毎日練習前にグラウンドに現れ、黙々と作業を始めた。

当時、野球部のグラウンドは、工場敷地外に隣接してあり、多摩地区の肥えた土壌のせいで、放っておくとすぐに雑草が生え、外野に飛んだゴロが、勢いをなくして、止まってしまうことがたびたびあった。

内野グラウンドにも雑草が飛び火して、〝剃り残しの髭〟のような状況であった。

練習は午後一時開始であるが、午前の就業後に急いで昼飯を済ませ、毎日四十～五十分ほどそれを続けていた。

最初は、「監督、何やってんだろう？」くらいで見ていた部員達も、一週間もすると全員早飯になり、十二時二十分過ぎには、全員でグラウンド整備している姿が見られるようになっていた。


以前からこのチームには先輩も後輩もなく、練習後には全員でのグラウンド整備や、黙想といった美風があったが、午後一時から練習出来るようになり、時間的にも精神的にも余裕が出来て、初心を忘れかけたという思いがあったのかもしれない。アズマ電機多摩の伝統、そして昔の苦しい時代を知る竹内監督にとっては、〝大事な何か〟をどうしても伝えたかった、忘れてほしくなかった、という思いからの行動だったのだろう。

竹内監督の草むしりと、北山マネージャーのコンバインによる外野の草刈の姿は、今でも時々夢に出てくるほど、印象深いものであった。

この、〝練習開始前三十分集合〟〝全員でグラウンド整備〟の伝統は、アズマ電機多摩硬式野球部廃部まで継続されることになる。

脅威の新人（その一）、小田

昭和四十八年年、社会人野球日拓ホームズからの移籍で、小田芳光が入部した。小田はこの年二十歳。岡山県の名門工業高校出身で、細身ではあるが身長一八〇センチ、俊足強打の大型内野手である。前所属会社の業績悪化による野球部解散の煽りを受けての転籍だった。

最初は三塁手であったが後に二塁手となり、アズマ電機多摩の主力として、後の「野武士軍団」の一翼を担うことになる。

実は小田の俊足は、入部当初それほど目立ってはいなかった。サードというポジションと、長身のせいもあるが、動きが大きくて、スピード感があまり感じられなかったのだ。

また、本人もランニングは嫌いだったようで、どちらかと言えば「手抜きタイプ」

で、普段の練習では、特に頑張ることはなく〝皆に合わせて普通に走っていた〟といったところであろう。ところが、ひょんなことからその俊足が発覚することになる。

その年の秋、アズマ電機多摩工場では恒例の、従業員及び家族参加の大運動会が開催された。

大手電機メーカーの運動会なので、各競技の優勝賞品には社製品が奮発されることになる。

小田は、その時の一〇〇メートル競走の優勝賞品（ラジカセ）が、どうしても欲しかったらしい。

もちろん、多少なりとも自信があってのエントリーではあったと思うが、あれよあれよと言う間に予選を勝ち上がり、並みいる足自慢を抑え優勝してしまったのだ。

野球部員は驚いた。

「小田って、あんなに速かったっけ？」

「あの野郎、手抜いてやがった！」

「この場合は〝手抜き〟じゃなくて〝足抜き〟？」

皆思うことは同じであった。

彼の練習方法は一風変わっていて、寮では就寝前に各自個人練習（野手はバットスイング、投手はシャドウピッチング）をするのだが、壁に向かって構えているだけで一向にスイングしないのである。

不審に思って尋ねると、

「いいんです。ピッチャーを想定して、振り出すタイミングを計っているんです」

と宣《のたま》うのである。

当時はその言葉もなかった「イメージトレーニング」というものを先取りしていたのだろうか。

また、彼の長打力は、それまでのアズマ電機多摩では、中々見られなかったもので、春の多摩大会でいきなりバックスクリーンに放り込んで、皆の度肝を抜いたものであった。

一年後に入部する同い年の合田博之と共に、後の「野武士軍団」の中核を形成していくことになる。

多摩予選

野球というスポーツは、繊細かつ神経質なスポーツだ。ちょっとしたことが微妙に影響して、昨日、いや先ほどまで絶好調だったのが、見る見るスランプに落ち込んでいくことがよくある。

それがチーム内に伝搬すると、強豪チームもあれよあれよという間に弱小チームに喰われてしまう。いわゆる「番狂わせ」が多いスポーツである。

それを克服するために、体力の限界ギリギリの練習量で自分を追い込んで、心を鍛える。

昔から伝えられる「武士道精神」を基盤にした、精神面の重要性が叫ばれていた。やれ「根性」だの「精神野球」だの「野球道」だのといった精神至上主義である。

毎日きつい練習で体を鍛えているが、試合でその体力を必要とすることは、ほとんど皆無だ。ラグビーやサッカーのように、試合中、ずっと走りづめということは絶対ない。

野球は本来、体力より技術が重要視されるスポーツで、「投げる」「打つ」「捕る」の基本技術の反復練習が、最も効果的なはずである。

投手も打者も守備者も、その局面局面では、全て個人プレーだ。

そういった面で、野球に一番近いスポーツは、ゴルフであろう。

論より証拠、数あるプロスポーツ球技の中で、腹の出たプレイヤーが存在するのは、野球とゴルフだけである。走りが苦手な選手、俗に言う「テレンコ軍団」に有力選手が多いのも、頭のいい彼らが、いわゆる「体力強化」的な練習より、テクニックを磨く練習の方が効果的なことを、本能的に感じているからではないだろうか。

話は横道にそれてしまったが、そんな訳で、危うくクラブチームに「番狂わせ」を喰らいそうだった試合の話をしてみよう。

以前、「オール相模原」に負けたエピソードを紹介したが、それは練習試合でのこと。それが、新聞記事にもなる公式戦となれば話は全然違ってくる。

都市対抗多摩予選第一戦、相手は「オール調布」。

例によって、苦手な軟投派投手に手を焼いたアズマ打線は、決定打を欠き、また守備でも肝心なところでミスが出て、三対三の同点で、延長戦に突入してしまっていた。そして迎えた十回の裏、先頭打者の五番、期待の新人・小田芳光が二塁打で出塁。次打者が送って一死ランナー三塁。打席には、主将の佐島が立っていた。

こういう時、常に強気の彼は打ち気満々である。一歩引いて冷静に……とはならない。

その前に、こういった場面での経験不足が心配な新人・小田に代わって、代走として私、松山が起用された。

私は大して俊足なわけではないが、大事な場面では、ミスの確率が少ないベテランの起用はよくあることだった。監督としてもこの場面は、打者〝主将〟、走者〝四年目のベテラン〟という構図は、作戦的に何でも出来る「絶対逃がすことの出来ないチャンス」と捉えていた。

そこで、採った作戦は「スクイズ」。

私は、ピッチャーが投球動作を開始すると共に、ホームに向かって一目散に走り出した。ところが、バッター佐島は悠然と見逃していたのである。「ボール！」と、球審は叫んだ。

（えっ！）

声には出さないが、ビックリしたのはこっちである。

私は慌てて戻ろうとするが、三本間に挟まれて右往左往だ。

相手の練習不足による挟殺プレーの未熟さと、巧妙なスライディングもあって、何とか帰塁出来たが、全くもって「九死に一生」であった。

その時の、野口のひとこと「マツ、よくやった！」が、今も耳に残っている。

当時のスクイズのサインは、次の打者が「次打者サークルで座る」という単純なものだった。その時の次打者、高木の「アッチャー！」という、サークル内に座り込んだままでの表情は、今も忘れられない。

その時佐島は、バットを叩き付けて悔しがっていた。その後、奮起した佐島の決勝打で、何とかサヨナラ勝ちを拾うことが出来たが、もし逃がしていたら、間違いなくオール調布に喰われていたであろう。勝負の流れとは、そういうものである。

試合終了後、入れ替わりにベンチ入りする、向井建設の顔なじみの選手にからかわれた。

「おいおいお前ら、何、残業やってんだ！」

そんなことを言っていた向井建設も、翌日オール調布に延長戦で敗れた。

この年、オール調布はとても頑張っていたのである。

退部者

この年から野球部員の勤務体系が変わり、シーズン中は午後の勤務が免除となった。野球部の練習が毎日午後からとなると、五時までは就業時間中ということで、それぞれの所属部署に部員の半日分の給与を負担してもらうことになり、「希望者全員在籍」という訳にはいかなくなってくる。

一年目こそ、前年度メンバーはそのまま在籍としたが、いわゆる「クビ」という名の退部者が出るのである。

シーズン終了後、その会議が行われた。

出席者は、副部長、監督、マネージャー、コーチ二人であった。

選手二十五名と副部長、監督、マネージャー、コーチ二名の合計三十名が許容在籍者だ。

そのためにはまず、次年度新入部予定者七名分の退部者は必ず抽出する必要があった。

まずは首脳陣から退部希望者が二名出た。原山マネージャーと寺島コーチであった。

二人とも、「仕事に専念したい」というのが主な理由であった。

原山マネージャーの退部は、後任に高校の後輩・北山万作を推薦し、本人からも了承を得ていたためすんなり承認されたが、寺島コーチの退部は、金山副部長と竹内監督から慰留された。

まだコーチ就任から一年しか経っていないことと、後継適任者がいないことがその理由である。

寺島コーチは入社以来六年間、エースナンバー18番を背負い、投手陣の精神的支柱として頑張ってきたが、自身の能力に限界を感じてしまったことを理由に留任を固辞した。

しかし、大先輩二人と同期の野口に引き留められ、後継者作りの意味も含めて、後一年だけ部に残留することになった。

その結果、来期入部者七名、退部決定者一名で、六名の退部者を選出することに決定した。

実力と実績を考えた結果、会議で四人はすんなり抽出されたが、あと二人で詰まってしまった。

技量や実績では甲乙つけ難く、「チームへの貢献」とか、「練習態度や姿勢」といった訳の分からない精神面でも比較検討するのだが、こういう選考では常のことで、最後は「好み」となってしまうのだった。

こうして、退部が決定した部員には、副部長、監督が直接本人に伝えることになるのだが、この時も、最初の四人は、試合の成績や練習での様子で、何となく覚悟は出来ていたらしく、納得して退部の通達を受諾した。

しかし、やっぱりというか、案の定というか、あとの二人はもめたらしい。

もし、自分がその立場になったら同じように思うことだろうが、「何であいつがOKで俺が駄目なんだ！」という比較論で、当事者を納得させる情報やデータがほとんどないのだ。

こういったことはこの年が初めてのことで、準備が全く出来てなかったというのが真相であった。

特に人情家の竹内監督は、何とか事情を分かって欲しくて、会社の事情や選考の経緯等を、時間をかけ丁寧に説明しようとしたのだが、最終的には前述のような感情論になって、少なからずお互いの心を痛める、後味の悪いものになってしまった。

その反省から、スコアブックのつけ方や、データ情報の収集方法の「改善」を図るのだが、毎年、最後は同じような経過を辿っていた。

最終的には、会社組織内の配置転換と同等扱いで押し切るほかはないのだが……。

こんな、今で言う「リストラ」紛いのことが、毎年シーズン終了後に行われていたのだ。

寮生活

前年のシーズン終了後、待望の「野球部専用合宿所（寮）」が完成し、その住所の地名をそのままに、「本宿寮」と名付けられた。

寮長には、野球部ＯＢの元外野手、柿本晴夫が就任した。

彼は前述〝赤提灯「正勝」〟の項で紹介した、真面目な努力家だが酒豪の秋田人。私の二年先輩だ。

すでに結婚していて、奥様は当時テレビで人気のあったタレント「マギー・ミネンコ」に少し似たショートカットで、皆からは「ミネンコ」と呼ばれていた。

もちろん、寮長夫人を呼ぶ時に、直接その名を言う訳ではないが、ご本人も薄々は、分かっていたようだ。

当時、まだヨチヨチ歩きの子供がいて、本名は失念してしまったが、「カズ」「カズ」とマスコットのように可愛がられていた。

建物は木造二階建ての新築で〝一般のアパートをそれ風に改築した〟といった感じの建物であった。

一階は、寮長家族の部屋と受付、首脳陣のロッカールーム兼会議室と、食堂兼ミーティングルーム、それに風呂場と洗濯場が繋がった部屋があった。

一部屋だけ部員の部屋があって、そこには、必ずマネージャーが住むことになっていた。二階は寮生の部屋で五室あり、一階と合わせて合計六室、全て四人部屋で、最大二十四名の部員の居住が可能であった。

間取りは、六畳二間と台所に便所。台所なのに火器使用不可で、洗面所として使用されていた。

寮生活になってよくなった点は、やはりコミュニケーションと、食生活であろう。何と言っても〝同じ釜の飯を食う〟のたとえではないが、この連帯感というのは格別である。

ほとんどが地方出身者で、一般の独身寮からの引っ越しだが、佐藤一男と丹生雄一郎の二人は東京都出身で、それまでは自宅から通勤していた。

二人とも、寮生活にはかなりの憧れ（?）があったらしく、そのはしゃぎようは、傍から見て「可愛い」と思えるほどのものであった。

以前はほとんど「酒を呑む」ということがなかった二人も、呑兵衛仲間との共同生活で、ビールくらいは付き合えるようになっていくから不思議である。

もっとも、最後までそんなに強くはならなかったが……。

寮の隣は駄菓子屋さんで、練習後には皆必ず寄ってジュースやコーラを飲んでいた。五十歳少し前くらいのご夫婦と、高校生のお嬢さんと小学生の息子さんがいて、何人かは家の中に上がって、いろいろお話ししたり、ご馳走していただいたりしていたようだ。年頃の娘さんを持つご両親としては、随分ご心配であったろうことは想像出来る。

そこから、さらに一〇〇メートルほどのところには、酒屋「金子商店」と中華料理屋「伸楽」があり、買い出しや出前等で寮生のお馴染みになっていった。

金子商店の軽トラは、その後私の退寮時の引っ越しでお世話になることになる。

これらの店の支払いは、全て「ツケ」。店のご主人達が、部員を信じてやってくださったことだが、後々考えると、よく大きなトラブルもなく出来たものだと思う。


寮創設時、私は二階の一番道路寄りの端部屋、二〇一号室に入っていた。以後たびたび部屋替えがあったが、結婚のための退寮まで、私は三年間この部屋に住み続けた。そもそも平均年齢が低い上に、総じて早婚が多かったので、入寮時私は、一年先輩の内野手、佐藤一男に次いで年長であった。

そんな訳で、一階のマネージャー部屋一〇二号室に佐藤、二階の二〇一号室には松山と、年長二人が、各階のお目付け役として「配備」されたのである。

その後、佐藤も私と同じ年、昭和五十年に結婚するが、彼も退寮するまで一〇二号室の住人であった。

一〇二号室には、佐藤の他にマネージャーの北山と、その年大王製菓から移籍してきた高木幸夫が入り、年度替わりの翌年四月に、新人の北九州出身・椎木孝男との四人部屋となる。我が二〇一号室は、昭和四十六年入社の北九州戸畑出身・福山隆道、四十七年入社秋田出身・伊村忠志と私、それに四月から新人の東京都出身・飯山信男が入っての四人部屋であった。

その他の部屋も、概ねそんな感じで、新人六人が各部屋一人ずつ配置されての四人部屋となっていった。

喜怒哀楽の「喜」

寮生活での意義の第一は、何と言っても喜怒哀楽を共有出来る、その一体感だ。

寮が出来て最初のシーズンの春、春季多摩大会で優勝することが出来た。

この大会、ローカルな大会で、特に勝ち上がりの上部大会もないので、前年までであれば球場から戻って解散し、各々気の合った仲間同士でちんまりと祝勝会といったところであるが、今回は「寮創設後の初優勝」ということもあり、また、寮の食堂に寮生全員分の食事も用意してあるということもあって、急遽「祝勝会」が開催されることになった。

ご飯と味噌汁はふんだんにあるし、おかずも結構ボリュームがあるので、十分つまみにはなる、ということで、金子商店から飲み物と若干の乾き物、伸楽から餃子、野菜炒め等の出前を取って宴会が始まった。

新年度初めての優勝、また新入部員も、こういう機会は初体験ということもあって、ことのほか盛り上がった会になった。

当時のアズマ電機多摩の宴会での〝宴会部長〟は、意外にも四番打者・野口であった。

「彼に任せておけばまず間違いはない」という安心感が、野口の仕切りにはあった。シーズン終了後の貸切バスでの温泉旅行納会でも、車中の仕切りは常に彼がとっていた。

そんな野口の進行で、インタビューや歌謡ショー等々、定番のコーナーが順次繰り広げられていった。

歌謡ショーといっても、こういう会でまともな歌が歌われるはずもなく、「〇〇〇」や「△△△」等の放送禁止用語満載の詞のオンパレードだった。

例を上げれば、「♪前を開いてさあ乗って……♪」の「エレベータの歌」や、「♪君のリンゴは大きくて、僕のバナナはちょいと小さくて……♪」の「ミキサーの歌」といった、いかにも電機メーカーらしい歌から、「○○○」や「△△△」連呼の聞くに堪えない歌等々。前述の「詩《うた》」の項の替え歌などは、至って真面目なものだと感じさせてしまうほどだった。

そんなこんなで、大盛り上がりのうちに宴会が閉会になると、まだ呑み足りない連中が、我が二〇一号室に集結して、二次会が始まった。

既婚者は皆、さすがに家庭優先ということで帰宅し、ここからが、本当の意味で「無礼講」ってやつである。

この頃になると、寮も出来て練習時間もたっぷりあり、ようやく「ノンプロ」という感じになってきたものだから、よく話に出るのが本社野球部との「比較」であった。

当時は「高度経済成長期の真っ只中」ということもあって、各企業とも本社野球部とは別に、地方の工場や事業所に社会人野球チームを持つことが多かった。

例えば、自動車会社では日進車体は本社（神奈川）と九州に、本村自工は本社（埼玉）と三重に、製紙会社では大王製紙は北海道と愛知、鉄鋼や通信関連の企業は各地方にそれぞれ一チームずつ……などがその代表例だ。

ただ、なぜか電機産業では、我がアズマ電機以外にはそのような、同じ企業が複数のチームを持つ、といった例はなかったと記憶している。

しかも、関東の神奈川と東京多摩地区という、言ってみれば「隣同士」のような地区で、だ。

おそらく、他の企業チームもそうだと思うが、同じ会社のチームには「絶対負けたくない」という気持ちは、必ずあるはずである。

職場でも何かと比較され、何だかんだ言われて、ちょっと辟易したものである。

前年度まで都市対抗期間中だけだった半日勤務が、シーズン中ずっととなると、職場でも風当たりも強くなるのは当然で、今まで、

「お前ら、定時後の練習でよくやってるな」

と言っていた人達が、

「いい身分だな、今日も半日、野球して遊べるんだ」

と、本気とも冗談とも付かない言い方で話してくる。言っている本人は冗談のつも

りでも、聞く方は、結構カチンと来るものだった。

もう一つ、どうしても出てくるのは、当時既に全国レベルであった、本社野球部との比較。

一番言われたのは「うちの会社には本社野球部がある。いまさら多摩工場に必要？」中には「そんなのに金使うなら、給料上げろ！」と吠える組合員もいたものだった。

その一方で、「多摩版にアズマ電機多摩って載るだけで大した宣伝になる。あの試合の記事の大きさで普通に宣伝出したらいくらかかると思う？　宣伝費に換算したら、もっと胸張って野球やっていいと思うよ」と、擁護してくれる人も何人かいた。

そんな人達のためにも「絶対本社より強くなってやるぞ！」と、この頃の多摩工場野球部は燃えていたのである。

そんな訳で、こんな時、話に出るのは、

「本社は名門大学卒の有名選手一杯集めて、聞くところによれば、仕事なんか全然しないらしいぜ！」

「○○（全国的に有名な選手）は、毎日銀座で遊んでるらしい！」

といった根拠のない話や、それに引き換え、

「俺達全員高卒で、しかも、俺なんか現場でハンマー振るったり、溶接したりしてるんだぜ！」

といった愚痴。

事実、私も入社三年目までは板金職場でハンマーを使った歪《ひずみ》取りや溶接作業などで、結構腕のいい職人だったものである。

後の「大打者」合田も、入社当時は制御盤や配電盤の配線作業に勤《いそ》しんでいた。

アズマ電機多摩の部員は、ほぼ全員が入社一年目は、現場に配属されていたのである。

宴会は「そんなこんな」や「喧々諤々《けんけんがくがく》」があって、結論は「本社に勝つぞ！」となっていく。

興に乗った、チームのムードメーカーで二〇一号室のお調子者、福山が音頭を取って、野球の応援でお馴染みの「コンバットマーチ」や「敵倒せ」のメロディに合わせ

て、応援合戦の真似事《まねごと》が始まるのである。
「本社を倒せ！」や「勝つぞ！　勝つぞ！　多摩工場」の連呼で大騒ぎ。
大いに盛り上がって、「さて、これから」と思ったその時。
二〇一号室のドアが開き、
「何やってんだ、お前ら！　何時だと思ってんだ！」
憤怒の表情の柿本寮長が仁王立ちしていた。
あのおとなしい「柿さん」が本気で怒っている。
皆、肩をすくめて、情けない表情で正座していた。
近所から、苦情の電話が一杯だったらしい。

翌日、全員始末書を提出し、一週間の禁酒を申し付けられた。当然である。反省！

喜怒哀楽の「怒」

もう一つ、普段はおとなしい選手が、酒癖が悪くて「大虎」になり、最終的には「大目玉」を喰らってしまうお話。開寮一年後、昭和四十九年のことである。

どんな団体にも必ず一人や二人はいるものだが、酒に呑まれて人格が変わってしまう輩《やから》。始末が悪いことに、大概の場合、本人は、翌日「覚えてない」と宣《のたま》うのである。

長野県の工業高校出身、星野誠一という入社二年目の投手がいた。

細身ながら、バネを感じさせる小気味のいいピッチャーだが、若干おとなし過ぎるのが、ちょっと気になるかな？　と思っていた。

そんなある日、星野は職場の懇親会があったとかで、深夜のご帰還となってしまった。

すでにかなりの酩酊で、足元はふらつき、呂律《ろれつ》も回らなくなっていた。

普段はおとなしくて、口数も少ない星野が、ハイテンションで各部屋に声をかけ、自分の部屋に帰っていった。二階の一番奥、二〇五号室である。

間取りは、一室六畳二間に、それぞれ二人ずつが寝起きする形態で、同部屋は新人ではあるが一つ年上の合田博之だった。

合田は、何事もきちんと整理整頓してないと気が済まない質で、どちらかと言えば潔癖症であった。そんな合田が寝ている時に、星野が帰ってきた。

「合田さん、もう寝てるんですか？　まだ早いですよ。ちょっとお話ししましょうよ」

いつもと違うハイテンションと馴れ馴れしい口調に「カチン」と来たが、酔っぱらいの戯言《ざれごと》として、

「分かった、分かった、早く寝ろ」

と、合田は優しくたしなめた。

星野も、取り付く島もない合田の態度に、あきらめて、渋々眠りについた。

それから何時間経ったのだろう、合田は、枕元で押入れの戸が開く音を聞いた。

そして、「ジョー、ジョー」と、水が滴り落ちる音で目が覚めた。

振り返ると、何と、星野が押入れに向かって小便をしているではないか！

合田は、思わず目をこすった。

「何が起こったんだ！　こいつ、何してるんだ！」

その後、寮中に響き渡る大音声で、「ホシ、馬鹿野郎！　何やってんだ！」の言葉と共に、合田の鉄拳が、星野の顔面に振り下ろされた。いつもは温厚な合田にして、この怒り様。

あまりの大声に、一階の寮長まで「何事か！」と駆け付けたほどであった。

その後、星野が寮長に「大目玉」を喰らったのは、言うまでもない。

私の知る限り、合田が本気で怒ったのを見たのは、後にも先にもこれっきりである。

喜怒哀楽の「哀」

昭和四十八年夏、その頃にはようやく我が野球部も少しずつ実績を積み重ね、本社からの転籍や、他チームからの移籍での加入者も見られるようになった。

その中の一人に、高木幸夫がいた。

愛知県の大王製菓からの移籍で、小柄ではあるが、センスあふれる内野手であった。

昭和四十五年年入社の投手・中尾吉伸と同じ愛知県の公立高校の同級生で、その縁で、前チームより将来的展望が見込めそうなこのチームに転職してきた。

前チームでは遊撃手だったらしいが、当時の正遊撃手・丹生雄一郎に比べると、肩の強さと打撃力が若干見劣りする、との首脳陣の判断で、二塁手としての起用が多かった。

人懐っこい性格で皆から可愛がられ、特に二遊間を組んだ丹生とは仲がよかった。

ある日高木は、練習でノックを受けていて軽いイレギュラーがあり、ボールが右手首に当たった。

よくあることなので「大丈夫、大丈夫」と、大して気にかけもしなかった。

ところが、一週間経ってもその青あざが消えず、気のせいか大きくなったような感じがした。

そして翌日、何もしていないのに突然鼻血が出て、止まらなくなった。

皆は「何だよ、幸夫！　練習足らないいんじゃねえの。元気に〝鼻血ブー〟かよ！」

高木はその日のうちに入院し、検査を受けた。診察結果は「急性白血病」であった。

翌日にはご両親が呼ばれ、その後治療が始まった。

治療内容はよく分からないが、かなりの苦痛を伴うものであったらしい。

実は、チームメイトとして、我々も見舞いに駆け付けたかったのだが、その病状と本人の心情、それに、ご家族との水入らずの時間を配慮して、自粛の指示が出されていたのだ。

後日、相棒の丹生が練習で骨折し、同じ病院に入院することになった。我々は、そのお見舞いという名目で、足繁く丹生を訪ね、高木の様子を確認するという方法を採った。

丹生は、日に何度も高木を訪ね、その話の中で、高木とご家族の哀しみ、苦しみを聞くことが多々あったのだろう。その様子を聞くと、誰もが涙を禁じえなかった。

高木のご両親は、丹生の率直で飾らない人柄に好感を持ち、たびたび丹生の部屋を訪れて、話し込んでいくこともあったようだ。

丹生も、いかにも人のいい、優しさ溢れるご両親に、すっかり打ち解けていった。

そんなご両親は「幸夫が食べないから、食べて」と、骨折だけで健康な丹生に、高木のための食べ物を、いつも差し入れてくれていた。

そんな状況で、高木は見る間に痩せ細り、治療薬の影響で、髪の毛は抜け落ち、一カ月ほどで、老人のような姿になってしまったようである。

丹生が、涙ながらに語った言葉が忘れられない。

「マツさん、幸夫がね、何度も何度も言うんだよ。『雄ちゃん、苦しいよ！　殺してくれ！』って」

堪えがたいことであったと思う。

高木は、どんな思いで、それを丹生に言ったんだろう……。

それを思うと胸が詰まる。

どんなに無念だったであろう……。

何日か後に、高木は逝ってしまった。

二十一年の生涯……。ご両親の嘆きの声……。

今も耳に残って離れない。

後日、丹生はご両親を国分寺の駅まで見送ったそうである。

何度も、何度も、頭を下げるご両親の姿、今も目に焼き付いて忘れられないと語っている。

人の生き死にって何なんだろう……？　改めてこのことを考えたものである。

決して、忘れてはいけないエピソードである。

喜怒哀楽の「楽」

男の楽しみとしてよく言われるのが「呑む」「打つ」「買う」であるが、私の知る限りでは、このチームに「買う」のエピソードは皆無だ。「呑む」についてはたびたび話に出てくるので、ここでは「打つ」、ギャンブルについて書いてみよう。

多摩工場の所在地が東京競馬場に近いこともあって、ほとんどの部員は競馬経験者だ。

その他には、パチンコ、麻雀といったところであり、私も全て経験したが、エピソード的には、四人一組でのゲーム「麻雀」が面白そうなので、それについて語ってみよう。

競馬やパチンコと、麻雀の一番の違いは、その勝率の高さである。

競馬やパチンコは、行った者全員が負けることはよくあることだが、麻雀だけは、最低でも四人に一人は必ず勝てる。

四人の中で必ず優劣の差が出るため、優勢の時と劣勢の時で、何気ない表情や、仕草に性格が出るのである。

ギャンブルなので、当然賭けているのだが、当時の野球部内のレートは、その腕前とキャリアの差で、三段階に分かれていた。

初心者、または給料の安い若手は「点１」と言われる一〇〇〇点で十円。これだと、「ハコテン」でも三〇〇円の負けで済む。中級者は「点３」、上級者は「点５」である。

現在の貨幣価値から見れば、「ハコテンで一五〇〇円負け」なんて、それこそ「屁」のようなものであるが、当時は「点５」で麻雀出来るなんて、「何て金持ちなんだ！カッコイイ！」と憧れたものであった。

事実、寮で「点５」で打てたのは、監督、コーチ、そして妻帯者が集まるマネージャー部屋のみで、私も退寮するまでは、そこでは出来なかったのだ。

ところが、新人の中には腕に自信の猛者もいて、「〝点1〟なんかでやってられるか！」とばかりに、いきなり首脳陣の「点5」の卓に挑戦してきたヤツがいた。

秋田出身の左投手で後に野手に転向し、全日本の中核を打つ逸材、五島寿志である。

自信家の彼は、何かにつけ態度がでかく見えて誤解されることが多かったが、なかなか面白い男であった。

首脳陣との最初の対戦は、さすがに緊張もあったのか、あえなく返り討ちで大して面白い話もなかったのだが、その後、何度か対戦するうちに、その朴訥とした人柄や、訛りの取れない秋田弁の可笑しさが、何とも言えない可愛さに変わっていくから不思議である。

新人の頃、態度がでかく見えたのは、決して彼の本意ではなく、秋田訛りの言葉を発するのが恥ずかしくて、自然に無口になり、ブスッとして無愛想に見えたこと。

それに、歩き方が「ガニ股」で「出っ尻」、しかも「鳩胸」のため、いかにも〝肩で風切って〟歩いているように見えたという二つの理由によるもので、彼に責任はない、ということが判明したのだ。

寮生活のいいところで、半年も一緒に暮せば、嫌でも話すし、お互いが分かってくるので自然に打ち解けて、もう何年も一緒に暮らしている兄弟のようになっていくのだった。

そんな彼が、翌日休みの前夜の麻雀の時、必ず皆から突っ込まれる一言がある。

次の日休みなので、徹夜覚悟のいわゆる〝テツマン〟の時、夜も更けて眠気が襲ってくると、必ず「ニシカへ！　ニシカへ！」と叫ぶのだ。

最初の頃は、「何？」「何語？」と訝《いぶか》しがって「何のこっちゃ？」と突っ込んでいた皆も、そのうちすっかり分かるようになり、一斉に「はいはい、コーヒータイムね！」と、休憩に入るのだ。

何のことはない、インスタントコーヒーの「ネスカフェ」が、秋田訛りになっていただけだ。

こんな風に、休日前の寮は更けていくのだった。

焼き肉屋のおばちゃん

赤提灯「正勝」が、女将の他界により閉店となり、その代替えとして行きつけとなったのが、当時はまだ珍しかった朝鮮焼肉「味道苑」であった。

在日韓国人のおばちゃんが一人で切り盛りする、十人も入れば一杯になる小さな店だった。

やっぱり我々は〝おばちゃん〟の店が安心するようだ。

実はこの店、以前からあって気にはなっていたのだが、〝朝鮮焼肉〟というのに馴染みがなくて、一体何が出るのか分からず、ちょっと敷居が高かったというのが本音であった。

その頃は東京に出てきてもう四、五年にはなっていたのだが、基本的には皆〝田舎者〟なのだった。

その店に野球部で最初に入ったのは、私と同級生の北山の二人だった。

まだ、正勝のお母さんが存命で、少しずつ体調を崩していた頃、おそらく「正勝」が臨時休業だったのだろう。二人で「どこに行こうか？」と考えていた時、その看板が目に入った。

恐る恐るドアを開けると、正勝の女将より少し年上の感じで、若干白髪交じりの初老の女性が「イラシャイ！」と、少したどたどしい挨拶で迎えてくれた。

とりあえず「ビール！」と注文して、壁に貼り付けたメニューを見るのだが、何を頼んだらいいのか〝サッパリ〟である。

当時は、今ほど「焼き肉屋」というのはポピュラーではなくて、まして、アズマ電機多摩工場のある田舎町辺りでは、ほとんど見かけない種類の店だった。

そのメニューの中で、「ロース」と「レバー」の二つだけは、とんかつ屋と焼き鳥屋で聞いたことがある名称なので、「これは肉だろう」と頼んでみたのだが、これが〝バカウマ〟であった。

初めて口にした「朝鮮焼肉」。「こんな美味い肉があったのか？」が正直な感想であった。

その他のメニューも頼んでみようとしたのだが、「カルビ」と書かれてあっても「何だそれ？」、「ナムル」「ビビンバ」「クッパ」に至っては、「何のこっちゃ？」って感じである。

おばちゃんもそれを察したのか、少し危うい日本語で、一つ一つ丁寧に説明してくれた。

そこで、二人は初めて「カルビ」なるものを食し、「ナムル」「ビビンバ」「クッパ」の何たるかを知ったのである。

全部、絶品であった。しっかり腹を満たし、勘定となった。

ところが、いつも正勝で「ツケ」の生活だったので、持ち合わせが十分ではない。二人の持ち金、全部合わせても若干の不足となり、借金をお願いすることになってしまった。

まず事情を話し、二人がアズマ電機多摩の野球部員で、その寮にいることと、必ず返しに来るから、不足分は今日のところは「ツケ」にしてくれないか？　と誠心誠意お願いしたのである。

おばちゃんも、事情は分かってくれて、

「有り金、全部払ったら生活困るでしょ？　こういうの初めてだけど、二人を信用するから大丈夫！　その代わり、また来てね」

と言ってくれたのだ。


感激して寮に帰った二人が、初めて食べた「朝鮮焼肉」の美味さを、各部屋を回って宣伝したのは言うまでもない。

次の給料日には、借金返済も兼ねて、大勢の部員を引き連れて訪れた。

その後、焼肉「味道苑」は、野球部員の栄養補給に役立つ、「行きつけ」となっていくのだった。


おばちゃんは敬虔なクリスチャンで、その時、韓国・北朝鮮にはキリスト教徒が多いということも初めて知った。後に話題となる「統一教会」もキリスト教の一派である。

本当に真面目で〝曲がったことが大嫌い〟を地で行っている感じの人であった。

気に入った人には優しい、人の好いおばちゃんだったが、気に入らないと、

「お代はいらないから、もう帰って！　二度と来ないで！」

と言うこともあるほど、気性の激しい人でもあった。

その基準は何か？　後に聞いてみたのだが、「ただ好き嫌いが激しいだけだよ」と笑っていた。

私なりの見解では、〝人によって態度が変わるヤツ〟、つまり相手の権力・財力のあるなしで態度が豹変する輩が、どうも嫌いだったらしい。

そんな人はなかなかいないのだが、誰とも同じ目線で話の出来る人、いつも〝素〟のままでいられる人がお気に入りだったらしい。

永年の苦労の末に身に付けた、おばちゃん一流の〝人物鑑定術〟であろう。

その後、おばちゃんは高齢のため、アズマ電機多摩工場近くの店を一人で切り盛り

出来なくなって、娘さんご夫婦が八王子でやっている同名の焼肉屋「味道苑」に移ったのだが、私が引退して八王子に引っ越した後、妻と子供二人を連れてその店に行ったことがあった。

おばちゃんは大喜びで迎えてくれた。

「この人は、アズマ電機多摩の野球のキャプテンでね」

と、まるで、自分の息子の話のように、周りに自慢げに話してくれた。

（本当は〝副〟が付くんだけど……）と思いながら、何だか懐かしくて、とても感動した記憶がある。

その頃はすでに焼き肉は「家庭料理」で、普通に「カルビ」や「ロース」が食卓に並ぶ時代になっていた。

ところが、初めてそこで食べた焼き肉に、子供達は口を揃えてこう言った。

「おとうさん、ずるい！　今まで、俺達に食べさせてた焼き肉は、偽物だったんだね！　自分だけ、こんなに美味いの食べて、ずるい！」

私は言った。

「これが〝大人の味〟って言うんだ。こういうのは自分で稼いで食べるんだ」

その時妻が、おばちゃんからナムル等の味のレシピを教わったはずだが、未だにその味は再現されていない。

NOBUSHI
BASEBALL CLUB

第三章

芽生え

六年目（昭和四十九年）

入社六年目の昭和四十九年、前述の通り原山マネージャーが前年で退部したため、その後任として、前年九月から原山の高校の後輩で私と同い年の北山万作が就き、コーチは寺島が専任となり、選手兼任の野口も留任。主将も引き続き佐島が務めることになった。

コーチは、野口が選手兼任なので、寺島一人では手薄という懸念もあり、その補佐、あるいは後継という意味合いもあって、私、松山が新たに副主将に就任することになった。マネージャー、副主将の新任、二人ともまだ二十四歳の若さであった。

寺島を除いたこの体制は、三年後、私が退部するまで続くことになる。

ただし、その時には、私の肩書はコーチに変わっている。

この年は、金山副部長が全国行脚してスカウトしたメンバー、十人の大量入部があった。

この年から三年目に都市対抗初出場するが、その予選に十人のうち八人がベンチ入りし、補強選手が入る本大会にも六人が入っている。

ただし、先発出場のレギュラーは、二人だけであった。

その中に、後にプロ入りし、三冠王にもなる合田博之がいた。

彼は、一年目から四番に座って、二十本近いホームランを放ち、チームメイトの信頼を勝ち得て、相手チームの脅威となった。

彼の凄さは、別項を割いて語っていこう。

もう一人は、俊足・強肩の外野手、高山千明だ。

高山の強肩と俊足は、魅力的であった。

一八〇センチ近い長身で、力もあり、守備のセンスが抜群だった。

外野守備の良し悪しは、バックへの対応で分かるのだが、私もノックしてみたが、彼の正面後方を抜くことは、なかなか困難であった。

ただし、打撃については「多いに問題あり」ではあった。


この年の新人は、金山副部長が全国を回って厳選しただけあって、人材豊富で、竹内監督は、多少のミスには目をつぶって、一年目から多くの新人を試合で使い続けた。

そのためか、この年も次の年も、相変わらず南関東の壁は大きく立ちはだかっていた。

それらの経緯を辿って、最終的にレギュラーを勝ち取ったのが、この二人ということだ。

それに伴う選手間の軋轢《あつれき》や紆余曲折も、別項で後述していこう。

ただ、この頃から都市対抗初出場時のエース・島野和志が四年目を迎え、頭角を現してきた。

小柄ながら、全身バネのような投球フォームからの、小気味のいい投げっぷりは、南関東の強豪チームからもマークされる存在になってきていた。

強豪チームとの練習試合

この頃になると、練習時間の増加と、質の向上もあって、各人のスキルが目に見えるように上がってきていた。

特にバッティングに関してはそれが顕著で、前年秋から練習に取り入れたピッチングマシンの影響が大きかった。

それ以前は、野手同士が交替で打撃投手を務めたり、たまに投手が投げたりの打撃練習であったが、特に定時後の練習当時は、時間短縮のため、ろくにウォームアップもしないで打撃投手をして、肩を壊す選手が何人もいたのだ。

かく言う、私もその一人だった。

ところがマシンが入ってから、打撃練習の様子が一変した。

打席を二カ所作っての打撃練習であるが、一カ所をマシン専用にして、しかもカーブしか投げない、「カーブマシン」として使用したのだ。

それまでも、野手が「次、カーブ！」とか言って投げてはいたのだが、所詮人間がやること。精度が段違いで、打つ量が飛躍的に伸びたのである。

これにより、「変化球打ちは才能だ」と思っていたのが、「慣れもあるかも？」に気持ちが変わっていくから不思議だ。圧倒的な練習量はやっぱり武器である。

これ以降は苦手な軟投派も克服され、クラブチームと接戦になることはほとんどなくなった。

そんな豊富な練習量のおかげで、多摩地区では「ほぼ敵なし」となった我がチームは、東北、関東の地方大会や、東京地区の強豪との平日の練習試合等の機会も増えて、この年あたりから、ようやく「普通の社会人野球チーム」らしくなったと実感したものだった。

そんな中で、全国的強豪「東京電信」との練習試合でのこと。

島野の好投で相手打線が沈黙し、力を付けたこちらの打線も、全国レベルの投手を攻略して、八回表を終わって三対〇のリードで迎えたその裏、相手チームのコーチが、ベンチ前に選手を集めて吠えていた。

「お前ら、恥ずかしくないのか！　こんな、田舎の高校生を集めた〝へぼチーム〟とこんな試合やって！　自分達のキャリアを思い出せ！　少しは考えろ！」

口が悪いので有名なコーチだ。

「相手チームが聞いてるところで〝こんなチーム〟はないだろう。そっちこそ少しは考えろ！」

と言いたいところだが、勝っている余裕で皆少し笑いながら、聞くとはなしにそれを聞いていた。

ところがその回、今の話にビビった訳でもないだろうが、島野が、先頭の一番打者に四球を与え、次打者のセカンドゴロを、ゲッツーを焦った二塁手がエラー。無死一・二塁で、三番左打者のセーフティバントが決まって、あっと言う間の無死満塁になってしまった。

そこで、満を持しての四番登場。ここは経験の差で、島野は〝蛇に睨まれた蛙〟状態だった。

動揺して、カウント0－2からの三球目。甘い直球をものの見事に叩かれて、満塁本塁打。

あっと言う間の「逆転劇」であった。

試合後、先のコーチが、

「こんなチームに、ウチが負けるわけないよ」

と、勝ち誇るように言っていた。

あまり品のよくない人物ではあるが、〝いざ〟という時の強豪チームの集中力、逆に、追い込まれた時の我がチームの浮き足立った姿。

ある意味、いい経験であり、その後の糧になった試合であった。

その後も、そんな感じで、都市対抗出場経験のあるチームには、全然勝てず、初出場までの練習試合で、唯一勝ったのは、東京都の都市対抗常連「鵜の森製作所」だけだった。それも、ホームグラウンドでの、雨中の試合で、最悪のグラウンドコンディションに、相手がやる気をなくし、どさくさに紛れて勝ったようなもので、選手には〝実力で勝った〟といった達成感はなく、まだまだ、チームの実力的には「中の下」あるいは「下の上」といったレベルであった。

脅威の新人（その二）、合田

この年の新人で特筆すべきは、もうすでに何度も述べているが、合田博之であろう。後にプロ入りし、前人未到の三度の三冠王を獲得して、日本を代表する大打者となる人物だ。

入社当時は二十歳、他の同期入社者より、二つ年上だった。

一年前入社の小田と、二年前入社の伊村とは同い年で、特に伊村とは秋田の同郷だ。

伊村と同じ高校出身の一年先輩・伊能和夫に聞いた話であるが、

「松ちゃん、ヤツは凄いです。一年の春の県大会から、レギュラーで出てきて、いきなりホームラン。それからずーっと四番ですよ」

ただし、かなりの問題児らしくて、同学年の伊村曰く、

「同級生から聞いた話ですけど、練習に来ないらしいんです。それでも試合では結果を出すから、誰も文句言えないみたいで……。勝手なヤツらしいです。俺はハッキリ言って、あまり一緒にやりたくなかったです」

とにかく合田は、秋田ではいろいろな意味で、かなり有名な選手だったらしい。

高校卒業後、合田はその力を買われて、東都リーグの有名大学へ特待生として入学したのだが、名門校にはよくある話で、実力があるが故に、その封建体質が彼を中途退学に追い込んでしまうのである。

実は私も、高校時代に経験したのだが、二〇〇人ほどの大勢の部員の中で、一年でベンチ入りしたりすると、上級生の注目が集中して、大変なことになるのだ。

練習中のプレーはもちろんのこと、「声が出てない」「元気がない」「やる気が感じられない」「格好つけるんじゃない」等々、あらゆることに難癖をつけて、いわゆる〝シゴキ〟が始まるのである。私の場合は、練習後に先輩に呼び出され、「正座」「説教」「ビンタ」のフルコースが毎日続いたものである。

おそらく、合田にも同じようなことが繰り返されたのであろう。しかも、高校と違って大学は寮生活なので、その苦痛は堪え難いものであったことは想像出来る。

そんなこともあって、彼は一年で大学を中退し、地元秋田のボウリング場でアルバイトをしながら、ブラブラしていたらしい。

当時盛んだったプロボウラーになる、という気もあったようだ。

そんな彼を、高校時代の野球部監督・加藤栄一郎氏が、アズマ電機を退社して地元に帰っていた、元マネージャーの原山秀朗に紹介した。

加藤氏としては、合田の才能を惜しみ、何とか野球を続けさせようという親心で、知人の伝手で、原山を引き合わせたのであろう。

合田にしても、高校の恩師の紹介とあらば無下に断りも出来ず、再び上京して、アズマ電機多摩野球部のセレクションにやってきたのだった。

セレクションとは言っても、当時の我がチームはそれほどの強豪チームではないので、合否判定をするわけではなくて、新規入部予定者の、練習見学的な意味合いがあり、入社前に、その実力を品定めするという感じで行われていた。

その時の印象が誠に鮮烈であった。

最初の、ランニングや守備練習では特に目立った動きもなく、打撃練習に入った。来期の新人が順番に打席に入って、それぞれがそれなりに、力強く鋭い打球を飛ばし、「さすが金山さんの目に狂いはない」と皆が思ったところで、最後に合田が打席に入った。

いかにも、リラックスした感じの、力みのない構えで、〝スッ〟と立った形は、この若さで、すでに風格さえ感じられた。

そこから、バットを一閃《いっせん》すると、あっと言う間に打球はバックスクリーンを超えていった。

その後も、投げる球投げる球を全部真っ芯で捉え、打ち損ないはほとんどなかった。

いくら打撃練習で、投手が打たせようとして投げているとはいえ、これはなかなか「至難の業」である。

以前に何かの本で、長嶋・王・張本の打撃練習がこんな按配だと読んだことがあるが、ハッキリ言って、「驚いた」というのが、第一印象だった。

しかも、まるで力が入っている様子がないのだ。他の打者の力一杯の打球とは、桁違いであった。


その時、私は思った。

こんな男が、何で〝プロ〟じゃなくて、ここなんだ。

（天才っているんだ）

実は私にも、中学・高校の上級生や同・下級生に、プロ入りした知り合いがいて、彼らの練習での力や試合での経過も見ていて、「あれくらいなら俺も」と思ったこともあった。しかしこれだけの、圧倒的な力の違いを見せつけられると、しかも、彼がまだプロじゃないことを思うと、さすがに自分の思い上がりに、自己採点の甘さに、恥じ入る思いであった。

それと同時に、「プロのスカウトって、何を見てるんだろう？」とも思ったものである。

その日の夜、「正勝」で野口、寺島と呑んだ時、合田の話が出た。

寺島曰く、「ヤツは、二、三年したら間違いなく四番だな」

それに応えて、野口と私、「何言ってんの、今すぐにでも四番だよ！」

投手と野手の見解の相違ってやつだ。

翌年、合田が中退した大学との練習試合があり、そのグラウンドを訪れた時のこと。試合前、彼は大学の監督のところへ挨拶に訪れた。在学していれば、三年生の春のシーズンである。

グラウンドで練習中の部員達から、ざわめきが聞こえた。

「あれ合田じゃないか？」「合田だ！」「合田だ！」

わずか半年ほどの在籍ではあったが、やはり彼らにも、強烈な印象を与えていたのであろう。挨拶を受けて、監督が言った。

「お前がいれば、今頃四番に苦労することはなかったろうに」

そんな抜群の技量を持つ合田でも、プロ入りにはあと五年の歳月を待たねばならなかった。

その間、元々走ることが苦手で、その習慣がなかった彼にとって、「とにかく走る」というこのチームの練習は、間違いなく、その技術・体力両面の礎《いしずえ》となっていた。

そしてまた、上下の隔てなく、全員での草むしり、グラウンド整備等で、チーム一丸となって勝利に立ち向かう姿は、高校・大学と封建的風土で育った彼には、新鮮で心地よいものであったのだろう。

後日、合田は語っている。

「何があっても、アズマ電機多摩のことは、絶対忘れない！」と。

軋轢

この年の選手起用は、私を含めた在籍四年以上の選手には、かなり厳しいものであった。

「正勝」での〝部外ミーティング〟でも、その不満はたびたび俎上に乗り、議論百出だった。

金山副部長がスカウトした新人の重用が、彼らには納得出来るものではなかったからである。

上層部にしてみれば、「将来を見据えて多少のミスには目を瞑《つぶ》り……」といったところであろうが、そのためにチャンスを奪われた当事者にしてみれば、たまったものではない。

その当時、よく一緒に呑んだメンバーは、野口、寺島、佐島、私と、二年後輩の鹿児島出身・新野清、秋田出身・伊能和夫、福岡博多出身・梁田利明といったメンバーである。

彼らはいずれも、この厳しい社会人野球に四年以上在籍し、技術的にも精神的にも、〝それなりのものは持っている〟と自負している「猛者《もさ》」達だ。

その中で、レギュラーを確保しているのは、新人・合田と共に主力打者である野口と、主将で捕手の佐島の二人。寺島はコーチなので、この三人が聞き役である。

私は副主将だが、当然選手でもあるので、その中間、若干選手寄りの立場で参加している。

その時の、それぞれの置かれている状況を説明しよう。

伊能は外野手で、新人の山形県出身・高山千秋により出場機会を奪われていた。

梁田も外野手で同じく新人の佐賀出身・山口弘明に、新野は内野手で、これも新人の秋田出身・熊田貞夫により、同様の立場に立たされていた。

私も内野手ではあるが、被るポジションが合田、小田なので、控えに徹していた。

呑み始めて三十分ほど経過し、いい加減に酔いが回り始めた頃、伊能が口を開いた。

「シゲさん（佐島のこと）、チアキ（新人高山のこと）は、確かに肩は凄いけど、足は俺も負けてないし、走塁面ではむしろ上だと思う。それに、打撃は絶対俺の方が、しぶとくて、率もいいと思うんだけど……、どう思います？」

と切り出した。

それを聞いた梁田も、

「俺だってヒロ（新人山口のこと）には負けないよ。去年までは、クリーンアップ打ってたし、出してもらえばそれなりに結果出すよ！」

重ねて新野、

「それを言うなら、クマ（新人熊田のこと）なんか、力はあるかもしれないけど、三振ばっかだぜ！」

と来た。日頃の不満が出るのがこういう場で、こういう話し合いが、「ストレス解消」の一助となっているのは、一般サラリーマンの世界と同じである。

　応えて佐島。

「そんなことは、〝タケチャン〟も分かってると思うよ」

　上司である竹内監督をあえて〝チャン〟呼ばわり。これも、一般サラリーマンの飲み会でよくあるパターンである。

「ただね、先輩の金山さんが、全国回って連れてきた新人で、何とか育ててくれって言われたら、やっぱり無視は出来めえ？　そう言うのって、少しはあると思うよ。まあ、それで割りを食ってるヤツの立場になれば、ちょっとね……とは思うけど」

「いいよな、シゲさんは、新人にキャッチャーがいなくて！」

　新野が続いた。

「馬鹿言うな。俺だって後輩のキャッチャー二人もいるし、チーム纏めなきゃなんないし、いろいろ苦労してんだぞ！」

　と佐島。

　そんな佐島も、二年後には本社から転勤の尾関清一によって、控えに甘んじることになる。

こんな話や、技術論、作戦論、果ては精神論まで、喧々諤々の部外ミーティングであった。

皆で盛り上がって「監督ん家《ち》に行って、直接聞こう！」ということになることもたびたびあったが、こういう時、最終的に話を纏めて皆を納得させるのは、いつも野口だった。

この中で唯一の妻帯者である野口は、こんな酔っ払い達を監督の家に連れていったら奥方にどんなに迷惑か、下手したら竹内家「家庭崩壊」になりかねないことをよく分かっていた。

前にも述べたが、彼の言葉には安心感と説得力があった。

「皆の気持ちは、俺から監督に話しておく。皆の不満も分かる。やる気があるのも分かった。だったら、やるしかないよな！　試合には、九人しか出れないのは分かってるよな。それを決めるのは、監督だってのも分かってるよな」

と言った後、ビールを一口。

「〝人事を尽くして天命を待つ〟って言うだろ。とにかく、やること精一杯やって、後は出番を待つしかないんじゃないのか？……って言うのは〝建前〟で」

と、ここで再びビールを一口。

そして、ここからは、一気に語り出した。

「俺も、皆の気持ちは分かるよ。だけど、コーチ兼任になって、選手と逆の立場になって、ちょっと考え方が変わってきたところがあるんだ。それは〝選手層〟ってことを考えるようになったこと。

たとえば、戦いが長期にわたったり接戦になったりしてくると、どうしても故障とか、不調とか出てくるんだよな。今までは選手一本だったから、とにかく自分が出て、精一杯のプレイをすることだけ考えてたんだけど、チームとしては、個人よりチームとしての成績が優先になるのは当然で、そんな時に物を言うのが、〝選手層の厚さ〟だ。誰かが怪我した時、〝躊躇なく出せる控え〟がいたらどれほど心強いか？　これは、監督・コーチとしては一番思うことなんだ。

だからといって〝控え〟に甘んじろと言っているわけではないよ。普段から、いろんなポジションを練習して〝俺はここも出来る、あそこも出来る！〟ってアピールして、出場のチャンスを広げるのも一つの手だし、そんな努力は見る人が見れば分かるし、逆に言えば、それが分からないようなヤツは、指導者の資格はないよ。とにかく〝皆でチーム力を底上げする〟って気持ちにならないと、後楽園はないよ！」

正論であった。

私も内野手の控えであったが、練習では、常に内野で一番難しい「ショート」を多く守るように心掛けた。ショートが出来るところをアピールすれば、他のどのポジションでも対応出来ると考えた故である。それでもなかなか機会は来なかったのだが。

その後、紆余曲折あったが、この年重用された新人で、最終的にレギュラーに定着したのは、合田博之と高山千秋の二人のみであった。

親の脛かじり

ある日赤提灯「正勝」で、一年先輩で当時主将の佐島茂と、いつもの通り一杯やっていると、後輩の部員が同級生である大学生を連れてやってきた。

同じ高校の野球部出身で、二人共に上京し、一方は社会人、一方は大学と道は分かれたが、同じように野球を志す仲間二人である。

しかし当時まだ無名であった我がチームに対し、東都大学の名門野球部所属の彼には、話の端々に我々を下に見る、いわゆる〝上から目線〟が垣間見えて、少し気になっていた。

佐島が私に小声で呟いた。

「あいつ、何か勘違いしてねえか？　一発焼き入れてやっか」

「シゲさん、抑えて、抑えて。後輩の友達なんだし、そんなことしたらヤツが可哀そうだよ」

と私。佐島は小柄ではあったが、七人兄弟の長男で、苦労して育っていたので若干老けて見え、その上髭面《ひげづら》の強面《こわもて》なので、ちょっと近寄り難い、怖い雰囲気を持っていた。

しかも、そんな環境で育ったので、こんな苦労知らずのいわゆる〝ぼんぼん〟が大嫌いだった。


しばらく我慢していたが、話が野球の練習について及び、大学生は、自分の大学の練習がいかに凄いか、そのメンバーの力がいかに素晴らしいかの自慢話になった。

「それに比べて、お前のチームはどうなんだ。そんなことだから、いつまで経っても、都市対抗に出られないんだ」

という話になった時、遂に佐島の堪忍袋の緒は切れた。

「ちょっと待て坊主。お前、うちの練習見たことあるのか？　選手の力、知ってて、そんなこと言ってんのか？　お前個人が、そんなに強かったり、上手かったりするわけじゃないだろう？　チームとして強くて、そこに所属してるだけだろう？　大体、自分の食い扶持《ぶち》も稼げない〝親の脛かじり〟が偉そうに〝ご託〟こいてんじゃねえ。それでも文句があるなら表へ出ろ！」

と、もの凄い剣幕で、まくしたてた。

それを見て、ビックリしたのは後輩である。自分のチームのキャプテンを、こんなに怒らせてしまって、どうしていいか分からないほどの動揺でテンパっていた。

「シゲさん、済みません。こいつ悪いヤツじゃないんです。許してください」

もう涙目だ。

酔った上での大人げない話ではあるが、佐島のチーム愛や姿勢がよく分かるエピソードだ。私も、高校卒業から入社当時の自分と、この大学生を重ね合わせて、自戒した。

肝試し

佐島のエピソードをもう一つ。前述の通り彼はかなりの強面《こわもて》ではあったが、弱点もあった。

実は、「お化け」とか「幽霊」とかには滅法弱い、いわゆる〝ビビリ〟の最たるものだったのだ。

竹田監督が就任して二年目の冬のある日、首脳会議で監督は「精神修養」と称して「多摩霊園横断ランニング」を提案した。

我がチームには毎年の恒例行事があり、年始めの高尾山ランニング、二月の江の島の神社石段ランニング等があるが、これもそれに加えたい、という意図があったようだ。

私も実は、ちょっとこのランニングの意味が分からなかったのだが、佐島は必要以上の猛反対だった。

しかし佐島の猛反対にも拘らず、他の首脳陣の「面白いじゃないか」という意見に押し切られ、遂に決行の運びとなってしまった。

そして当日午後六時頃、竹内監督は多摩霊園の最西端の入口で全員に告げた。

「俺は、この反対側の出口で先回りして待ってるから、一人ずつ必ず三十秒以上間隔を空けてこい。シゲ、お前にはそのスタートの合図を任せるから、最後に出発してこい」

佐島は血相を変えて言った。

「監督、一人ずつは駄目です。何があるか分かりません。ここは安全第一。二人一組で行きましょう！」

何のことはない、ただ恐いだけである。

「そうか、何かあってからでは遅いか。分かった。二人一組にしよう」

監督がそれに応えてくれた。

参加者が奇数だったので、最後はその年の新人・合田と私、そして佐島の三人一組となった。

佐島にとっては願ったり叶ったりで、ホッとした気分で走り始めた。

そもそも、この三人、普段から長距離走が苦手で、

「この多摩霊園まで来るだけで、結構な距離を走ってるのに、何で更にこんなことまで……」

なんてことを喋りながら、ゆっくり走っていた。

しかし、しばらく走って、ちょうど霊園の真ん中辺りに差し掛かった時、右手奥のお墓からボーッと灯りが揺らいでいるのが見えた。

それを見て佐島、

「見たか？」

言うが早いか、猛ダッシュである。

合田と私もあっけにとられ、已むなく後を追いかけた。今まで見たこともない早さだった。

ようやく追いついて、「シゲさん、どうしたんですか？」と私。

「だから言ったんだ！　俺は見えちゃうんだよ、ああいうの」と佐島。

合田が言った。

「誰かが墓参りしてただけじゃないですか？　あれ」

後で聞いてみると、その「灯り」は先に走った全員が見ていて、皆一様に「何であんな時間に墓参りなんでしょうね？」と訝《いぶか》しがっていた。

その謎は解けてはいないが、あの強面《こわもて》の佐島キャプテンの、ちょっと意外な可愛い一面が見えて、なんだか笑ってしまった記憶が甦《よみがえ》る。

高尾山登山ランニング

当時のアズマ電機多摩硬式野球部には、毎年必ず同じ時期に行われる恒例行事があった。

いずれも冬場の体力強化メニューで、潤沢な予算のない弱小の我がチームは、他の強豪チームのような春季キャンプとはいかず、日帰りあるいは、せいぜい一泊二日の強化合宿で済ませていた。

一つは、一月の初練習後の最初の休日に行われる、高尾山登山ランニング。初詣を兼ねて、麓の京王線の駅から、頂上の高尾山薬王院まで、走って登るという行事だ。

二つ目は、二月の三連休に、熱海の会社保養所で行われる、一泊二日の強化合宿。

三つ目は、これも一泊二日で江の島の保養所で行われる、江の島神社〝階段登り〟である。

そんな時、いつも話題を作ってくれるのが、いわゆる〝テレンコ軍団〟と呼ばれる、長距離走超苦手集団である。

そして不思議なことに、なぜかその〝テレンコ軍団〟は主力級の野手で形成されることが多いのである。

これは、私の野球部人生で、中学以来ずっとそうだった。

私も、生意気にもその軍団に名を連ねていた。決して主力選手ではなかったのだが……。

本人達は、決してサボろうとしている訳ではないのだが、結果的に、力を抜いているように見られてしまう。学生時代はそのお陰で、何度も説教を喰らったものである。

これは、「瞬発系」と「持久系」の筋力が両立しないという証しなのかもしれないが、サッカーやラグビーでは、そんなこともなさそうなので、この点はまだまだ研究の余地がありそうだ。

また、話が横道にそれてしまった。恒例行事の方に戻していこう。

その中から、まずは一月の高尾山登山ランニングのエピソードをひとつ。

その頃は、今ほど高尾山もメジャーではなかったので、歩いて登る観光客はほとんどいなくて、ケーブルカーもそこそこの人出で、登山道は、いわゆる〝貸し切り状態〟であった。

いつもの通り、先頭集団は投手陣。そして最後方に控えるのは〝テレンコ軍団〟。野口、佐島、合田、松山……あれっ？　小田がいない！

まさか、あの手抜き、いや〝足抜き〟の小田がそんなに前に行くはずはない。訝《いぶか》しがりながら、走りたいのだが、登り坂が急過ぎて全然足が進まず、一歩一歩、まるでその場足踏みのような遅々とした歩みで、やっとの思いで頂上にたどり着くと、そこには涼しい顔でテレンコ軍団を待ち受ける小田の姿があった。

「何やってんだ！　お前」

キャプテンの佐島が、息も絶え絶えに問い正した。

「ちょっと足が痛くて、途中で止《や》めてケーブルカーで上ってきました」

小田は、しゃあしゃあと言ってのけた。

「それってありなの？」

合田と私は、思わず叫んでいた。

彼は徹底的な合理主義者で、無駄と思ったら絶対やらない。変な信念の持ち主である。

前述の運動会一〇〇メートル競走の件のように、目的がはっきりしたら、やる男ではある。

それ故に、妙に爽やかで憎めないところがあり、あまり怒られることがない、得な男である。

それに対して合田は、与えられたノルマは、とにかく全部やってみて消化する。

その上で、得意分野は徹底追求する。そんなイメージの練習態度であった。

私的見解ではあるが、この同級生二人は、おそらく同等の資質があり、むしろ脚力や守備的センス面では、小田の方が勝っているような感じもあった。

最も大きな違いは、「精神面」ではなかったのか。

小田は自分の信念が勝ち過ぎて、それに殉じてしまった。

つまり、人の意見をあまり採り入れようとはしなかった。

それに対して、合田は「とにかくやってみよう」という気持ちがあった。

その精神面の〝懐の深さ〟が、二人の差になったのではないか。と今にして思う。

NOBUSHI
BASEBALL CLUB

第四章

花開く

七年目（昭和五十年）

昭和五十年、我がチームは相変わらず多摩大会ではかなりの強さを見せるのだが、〝南関東の壁〟は崩せず、〝多摩の王者〟に留まっていた。

強豪ひしめく南関東では、已むをえないとも思われたが、何が足らないのか？

暗中模索、試行錯誤の日々が続いていた。

強豪チームとの練習試合でも、結構、引けを取らずにやっていけるようになり、勝つことも多くなってきていた。

個々のスキルも上がって、中には、強豪チームで中軸を張れそうな選手も数人いた。

あとは、チームとしての力をいかに上げていくか、即ち、練習や試合での〝コーチングとマネジメント〟に掛かっているという意見が、コーチ会議でも出ていた。

練習でのコーチングに関しては、練習方法や順番に変化を付けたり、守備重視の練習配分にしたり、とにかくチーム力アップのための練習を増やすことに心掛けていったのである。

試合に関することでは、〝いかに南関東大会を勝ち抜けるか〟、そのことだけに集中していこう、ということになった。

南関東大会出場は八チーム。言ってみれば、準々決勝から始まるのだ。

とにかく、三連勝！

敗者復活戦はあるが、そこから勝ち上がるのは、本当に地力のあるチーム。

我々には、未だそこまでの力はないから〝勢いに乗っての三連勝〟、初出場はこれしかない。

その後、じっくり〝本当の地力〟を付けて、敗者復活でも、予選突破出来る〝強豪チーム〟になっていこう……。

言うのは簡単だが、それはどのチームも同じことだろう。

脅威の新人（その三）、尾関

この年のトピックスは、夏の大会終了後に、本社からの転勤で、チームに合流した、尾関清一であろう。

アズマ電機多摩では新人だが、その時すでに二十八歳。東都大学の強豪校を卒業して、アズマ電機本社野球部のレギュラーを張っていた、経験豊富なキャッチャーである。

なぜそんな経歴の選手が多摩工場にやってきたのか、当時は訝《いぶか》しがったものであったが、後に聞いた本人談によると、本社の監督と反りが合わず、そのため、マネージャーをやらされたのが気に入らず〝希望して転勤してきた〟とのことであった。

確かに〝歯に衣着せぬ〟物言いをする人物ではあった。

ただし、その運動能力・技術・慧眼《けいがん》は大したもので、その年齢で走力はアズマ電機多摩でも一、二を争い、しぶといバッティングで一番打者としてチームを牽引していった。

その強肩と、素早い送球は目を見張るものがあり、周りを驚かせた。

その慧眼は、我がチームのエース、島野投手の特徴をすぐに見抜き、その後の島野の緩急を付けた投球術は、彼のリードに拠るところが大きかった。

その彼の経験が、当時の我がチームには、最も欠けていたものだったのであろう。

都市対抗初出場は、ある面〝彼のお陰〟と言っても過言ではない。

二年後、竹内監督が退陣し、尾関清一が「野武士軍団」を率いていくことになる。

後々のＯＢ会で尾関が語ったことだが、転籍後の初練習で、印象に残った選手が何人いたか、島野、合田は投打の中心で当然のこととして、次に、高山千秋と丹生雄一郎の名前を上げてきた。

高山は既述の通り、俊足・強肩の外野手で、打撃はまだまだだが、見栄えもよく、何となく印象に残るのは分かるが、丹生は、どちらかと言えば泥臭い感じで、いわゆる「根性」でここまでやってきている選手であった。

練習でも叱られ役になることが多く、技能的にはそれほど目立つ存在ではなかった。

でも、尾関の眼には、焼き付いていたのである。

実は丹生は、二年後に竹内監督が退陣するまでずっとレギュラーだったが、尾関が監督になって、若手にポジションを奪われ、引退を余儀なくされたのだった。

尾関によって〝クビ〟になった、という意識が強く、どちらかと言えば彼を嫌っていた。

だから、この話を聞いて一番驚いたのは丹生であった。そして、一番喜んだのも丹生だった。

野球選手、特に〝根性タイプ〟は単純で、この一言で彼は〝尾関シンパ〟になってしまった。これらも含めて、尾関の〝慧眼〟であろう。

野球部恋愛事情

昭和五十年のもう一つのトピックスは、私の「結婚」であるが、その前に、当時のアズマ電機野球部の恋愛・結婚事情を話しておこう。

この年の五月、私は二十五歳になったが、結婚はシーズン開幕前の二月であった。

その時の野球部在籍者で私より年上の未婚者は、一年先輩の内野手・佐藤一男のみだった。

佐藤も、この年の秋のシーズン明けには結婚することになるのだが、野球部の面々は総じて早婚であった。

後輩の既婚者はなく、こういったところでも、当時の体育会系の上下関係が垣間見られるのだった。

私もそうであるが、野球部員の九十九パーセントが、社内恋愛からの結婚である。これを称して〝社内調達〟と言った。

今なら〝セクハラ〟で大袈裟な騒ぎになるかもしれないが、我々は彼女らを〝社製品〟と言って、宴席で話のネタにすることもあった。

今なら「最低！」と、女性陣に言われ、蔑《さげす》まれるに違いない。

既述の先輩で、社内結婚でなかったのは、金山副部長と、天田〝鬼〟コーチの二人だけである。

ちょっと見は、社製品（失礼）にすぐ手を出す早婚の部員は、チャラチャラしてモテそうに思えるが、実際は真逆である。金山は美容師さんと、天田はお見合いでの結婚であるが、彼らは、相当な遊び人で、それを尽くした後での結婚であった。

特に金山は、昔からアズマ電機多摩の女性社員の間では有名らしく、私の妻も噂で知っているくらい、相当モテたらしい。

それに対して、竹内監督を始めとする当時の部員は、実は女性に対しては、真面目そのものであった。

金山らが現役であった当時と、我々の頃の野球部の、時代背景の相違も大いにあった。

毎日の練習に追われ、既述のように、練習後の息抜きも赤提灯のおばさん相手で、工場以外に若い女性との触れ合いの場がなかったことが一番の理由であろう。

純情な彼らは、ちょっと可愛い娘さんに微笑まれれば、すぐに勘違いして〝イチコロ〟だ。

一見、爽やかでスポーツマンの彼らは、モテそうではあるが、実はその機会は少なく、案外一人、悶々としているヤツが多いのである。

今もそれは、そんなに変わっていないと思う。

その年四月時点の在籍者で、既婚者は副部長、監督、コーチ、主将、副主将の五名。

大体において、彼らの奥様は〝野球ファン〟で、よく試合にも観戦に来ていた。

野球が好きなことが、交際から結婚に繋がるケースが多いのだろうが、実は私の妻は、一度も私の野球を、見たことがなかった。

観戦出来なかったのは、結婚した年に子供が生まれ、翌年私が退部するという、時間的制約のためもあるが、それとは別に、妻は野球そのものが全く分からない、当時としても、稀有な存在だったのだ。

彼女は子供が小学生の頃、親子ソフトボール大会でバッターに立ち、打った後、いきなり三塁に走り出したそうである。

それも可笑しいが、それより、ボールがバットに当たったことの方が、奇跡である。

その後、後輩部員達も次々と結婚していくのだが、概ね、同様な経過での〝社内調達〟であったらしい。

引っ越し

結婚に伴い、私は野球部の寮を出て、そこから二キロほど離れた社宅に引っ越すことになった。

そこは体育会系の「上下関係」のおかげで、当時、寮では一年先輩の内野手・佐藤一男に次いで年長であった私は、ほぼ何もすることなく、佐藤の指示による後輩達の手配で引っ越しすることが出来た。

とは言っても、大した荷物もなく、運ぶのは布団、炬燵、テレビと整理箪笥、それに当時、独身者がよく使っていた「ファンシーケース」と呼ばれた、ビニール製の衣裳収納ラックのみで、寮近くの馴染みの酒屋、金子商店で借りた軽四輪車の荷台がスカスカの状態での引っ越しであった。

荷物はそれだけなのに、先輩の佐藤を始めとして、同室の福山、小田、飲み仲間の後輩・伊能、新野、梁田等々、参加者が多くて、まるで〝お祭り騒ぎ〟の引っ越しであった。

もちろん皆の目的は、作業終了後の〝祝宴〟にあることは言うまでもなかった。

当時はまだ、今ほど運転免許取得率が高くなかったため、その時免許を持っていた合田が運転手として刈り出されることになった。

そんなであるから、朝始まった引っ越しは午前中には作業終了となり、昼飯頃には祝宴となっていた。

運転手で呑めない合田が、出前に取ったかつ丼を、嬉しそうに頬張っていたのを思い出す。

その時ちょうど、私の両親が、妻の両親への挨拶を兼ねて新居の様子を見るために上京していたのだが、後の合田の活躍を見るたびに、

「あの時あそこで、かつ丼食べてた人がねえ」

と、自慢げに話していたのを思い出す。

いいみやげ話になったし、少しは親孝行になったかもしれない。

余談だが、結婚式の招待状の宛名書きも、嘘か本当か分からないが、自己申告「書道五段」の合田の手によるもので、確かになかなか見事な筆跡であったと記憶している。後にあんなに有名選手になると分かっていれば、受け取った方々も大切に保存していたことだろう。

その点は、私も含めて、見る目がなかったと言うことか……。

後に何億もの年収を得る彼も、その頃は月給数万円のただのサラリーマンであった。

他の連中は、呑めや歌えやの大騒ぎだ。

引っ越し費用は確かに節約出来たが、飲食代で大変な散財だった。

木造二階建て、一棟十世帯程度の集合住宅が三棟並んだ、風呂なし、共同炊事場、共同便所の、八畳二間のだだっ広い、家賃一五〇〇円の社宅。

一年後には、新築鉄筋コンクリート五階建ての社宅に移るが、懐かしい新婚時代のスイートホームであった。

八年目の成就①……実力勝ち

昭和五十一年、この年も、第一次多摩予選は、難なく一位通過であった。

ただし、ラッキーなことが一つ。前年度から、多摩地区に新規加入の企業チーム、「スリーペイント」が一次予選で敗退したことで、チームの弱点である左翼手に辻井義男、三塁手に中田和孝を補強出来たのだ。

彼らは、東都大学一部の有名校を卒業して二年目、自チームでは三、四番を打つ、当時一番脂の乗っている選手だった。

それに、同チームのエースピッチャーで、アンダースローの森田繁明も加わってきた。

森田も二人と同年齢の二十四歳。愛知県出身の、私の二学年下で、出身校がライバル校同士なので、お互いに〝名前だけは知っていた〟といった間柄だった。

そんな三人を加えて、二週間程度の合宿練習の後、二次予選南関東大会が始まった。出場は、「本村自工」「ジャパン運送」「日進車体」「日本鉄鋼君津」「山崎製鉄千葉」「相模重工業」、それに多摩地区代表のクラブチーム「オール調布」と「アズマ電機多摩」の八チーム。敗者復活方式で、二チームが予選通過する。要するに二敗したら終わりだ。

例年のことだが、強豪各チームは、一回戦にまず多摩地区と当たって、楽に次へ行きたがる。

この年の優勝候補は、まず「本村自工」、次に「ジャパン運送」、「日進車体」、「相模重工業」が続くという感じだ。

一回戦の相手は「本村自工」。何度も都市対抗に出ている強豪で、過去幾度か対戦しているが、練習試合も含めて一度も勝ったことがない相手である。

相手にしてみれば、我々チームは「この試合は頂き！」というほどの油断はないが、「何とかなるだろう」くらいの気持ちがあったのは、否めないところであろう。

アズマ電機多摩のスタメンは、一番（捕）尾関清一（二十九）、二番（左）辻井義男（二十四・スリーペイントから補強）、三番（三）中田和孝（二十四・スリーペイントから補強）、四番（一）合田博之（二十三）、五番（右）野口政雄（二十八）、六番（二）小田芳光（二十三）、七番（中）高山千秋（二十一）、八番（投）島野和志（二十四）、九番（遊）丹生雄一郎（二十五）であった。

試合の方は、島野の巧投と味方の好守備もあって、八回表終了まで三対三の接戦であった。

八回裏の攻撃、先頭打者一番尾関がヒットで出塁し、次打者辻井はセオリー通りの送りバント。これで一死二塁とし、クリーンアップにタイムリー期待という目論見《もくろみ》である。

ところが、バントシフトで前に出てきた一塁手が、焦って間に合わない二塁に投げる〝野選〟でオールセーフ。あっと言う間に無死一・二塁の大チャンスになったのである。

相手にしてみれば、試合の流れから見て「この場面は絶対バント」と決めつけてのバントシフトで、絶対にアウトにしたかったのであろうが、痛恨の〝野選〟となってしまった。

ここで、三番補強の中田登場だ。クリーンアップとはいえ、ここは送りバントの場面である。相手もそれは百も承知で、絶対に走者を三塁に送らせない極端なシフトを敷いてきた。中田はそれを見て「バントは無理」と判断し、一球目を見逃した。球審の判定は「ボール！」。

二球目も同じく送りバントのサインではあったが、中田は「打つ！」と心に決めていた。バントの構えから強打した打球は、無人の内野グラウンドを転がり抜け、二塁走者尾関は狂喜乱舞してホームベースを駆け抜けた。

その後、更に一点を追加して五対三とした。

さすがの優勝候補筆頭・本村自工も、九回の攻撃だけを残しての二点差は挽回出来ず、敗者復活戦へ回ることを余儀なくされた。

本村自工はその後地力を発揮して、敗者復活戦を勝ち上がり、第二代表決定戦まで進むが、日進車体に敗れて、力尽きることになる。

敗者復活方式の戦いでは、一回戦で負けると、休みなしの連戦を強いられることになる。

この大会でも、本村自工は第二代表決定戦まで、アズマ電機戦を含めて五連戦を戦い、最後に力尽きた。そういった意味でも、彼らにとってこの一戦は〝痛恨の敗戦〟であった。

前述したが、「本当の地力」の意味は、こういった戦いにも耐えられる、選手層の厚さを含めた〝チーム力の向上〟。これが強豪チームの必須条件、ということだ。

一方、アズマ電機多摩にしてみれば、相手ミスというラッキーもあったが、もし失敗していれば、敗因になりかねない〝サイン無視の強打〟だった。

中田の機転も含めての、実力勝ちであった。

その夜、例年だと一回戦敗退後の翌日に、敗者復活一回戦があるので、宿舎に帰って、そそくさと夕飯を終わらせ、翌日の準備をするのだが、強敵本村自工を破っての一回戦突破で、その日の晩飯はちょっとした〝祝勝会〟ムードになっていた。

その日のヒーロー中田が、ヒーローインタビューさながらにアナウンサーに扮した、ひょうきん者・丹生が差し出すマイクに見立てた箸に向かって、得意げに話していた。

「あそこは、打つしかないでしょう！　丹生さんもそう思うでしょう？」

続けて丹生。

「もし、失敗してたらどうなったと思いますか？」

応えて中田。

「監督に殺されてたでしょうね！」

一同大爆笑！

チームは盛り上がっていった。

八年目の成就②……雨天順延の幸運

翌日は、軽い練習のみで休養をとり、明けて二回戦。

相手は、アズマ電機と同様に、有力候補の一角である「相模重工業」を破った新興チーム「山崎製鉄千葉」である。

「これはラッキー！」とこちらは思ったが、向こうも同じ思いだったはずだ。

番狂わせで勝ち上がった同士、お互い〝チャンス〟と感じたに違いない。


こちらのメンバーは投手以外は一回戦と同じで、先発投手は補強の森田繁明である。

ところが、森田は捕手のサインが見えないほどの緊張で、あっと言う間に五点のビハインドを背負う羽目になってしまった。

二回を終わって〇対五。下手すりゃコールド負け、と思ったその時、またしてもの幸運がアズマ電機多摩に降りてくるのである。

その日は朝から曇天で、何となく雲行きが怪しい雰囲気はあったのだが、三回表に入ったところで、ポツンと来たと思ったら、あっと言う間の雷雨。

その時の球審、神奈川連盟の法月史雄《のりづきふみお》氏は、顔馴染みの捕手・尾関清一に、

「尾関、お前というヤツは、何て悪運強いんだ。この試合、この回でノーゲームだよ」

マスク越しにそう呟いた。

直後、球審が一旦ゲームを止め、天気の様子を見るために選手をベンチに引き揚げさせた。

尾関は、笑いを噛み殺した表情で、私に話してきた。

「マツ、喜べ。この試合は中止だ。球審の法《のり》さんが言ってるから間違いない。ツイてるぞ」

三十分ほどの中断があったが、雨は止む気配もなく、試合は中止と決定した。

何というラッキー！　三回途中でノーゲーム、翌日再試合となった。

山崎製鉄千葉にしてみれば堪ったものではない。再三の抗議を試みるが、天候には勝てるはずもなく、気の毒ではあるが、已むをえない仕儀となってしまった。

翌日は、打って変わっての快晴。

再試合には、二日間の休養を取ったエース島野が、満を持しての登板となった。
前日とは真逆の試合展開で、打線は序盤から活発に機能し、五回終了時点で五対〇という、全くのアズマ電機ペースで進み、相手打線も島野・尾関のバッテリーによる緩急自在の投球に翻弄され、終わってみれば六対一。アズマ電機の完勝であった。

敗退した山崎製鉄千葉は、翌日、敗者復活一回戦を勝ち上がった本村自工に敗れ、この大会を終わることになる。

もし、前日の雷雨がなかったら、立場は逆転して山崎製鉄千葉が「初出場」ということになったかも……。何という〝アンラッキー〟。誠に気の毒な話である。

宿舎に戻ってからも、今回の幸運の話で持ち切りであった。

まず、尾関が切り出した。

「だいたい、一回戦〝本村〟に勝ったことが奇跡みたいなラッキーだったのに、二回戦の相手が〝キャタピラー〟じゃなくて〝山鉄〟。それだけでもツイてると思ってたら、今度は負け試合がノーゲーム。これっておかしくない？　絶対何かあるよ！チャンスだぜ」

続いて丹生。

「そもそも〝本村〟戦、中田のサイン無視のまぐれのヒット。あれからおかしくなっちゃってるよな。その辺の心境はどうですか？　中田さん」

一回戦の夜の続きが始まった。

「うーん、どうでしょう？　いわゆるひとつの〝センスの良さ〟ってやつでしょうか？」

と中田。もう長嶋気取りである。

続けて中田。

「ところで森田さん。昨日のピッチングはどうしたんでしょう？　何かありましたか？　かなりご緊張の様子でしたが……」

応えて森田。

「いやー、済みません。何しろ、補強ってのが初めてで、しかも大事な二回戦の先発。自分のチーム以上の緊張で、元々目は悪いんだけど、何だかサインも見えなくなっちゃって……。迷惑かけました。だけど、皆さん、誰も責める人はいなくて、逆に慰めてくれて、とても嬉しかったです。何だか、ようやくチームの一員になれたような気がします。

次の登板機会があったら、絶対、頑張ります。監督、是非使ってください」

「おい、おい、売り込みかよ」

エース島野が、チャチャを入れた。

徐々にチームが一つになっていくさまが、手に取るように見えた瞬間であった。

その後も、誰彼なく勝利と幸運を喜び、楽しく夜は更けていった。

翌日の試合はなくて、軽い練習の予定。そして次は、いよいよ決勝戦である。

八年目の成就③……勢いに乗って

昭和五十一年七月六日、都市対抗南関東予選決勝。

相手は、全国にその名を轟かす強豪「日進車体」である。

前日夜のミーティング。竹内監督は、皆を集めて言った。

「いよいよ明日は決勝戦だ。今まで話したことはなかったが、実は、相手の監督は俺の高校の後輩で、プロにこそ行かなかったが、アマ球界のスター選手だった。俺は高校時代、彼の控えでも、実力的には大差ないと思っていた。それで悔しい思いも随分してきた。

知ってるヤツも多いだろうが、彼の二人の姉は有名な女優だ。まあ、それは関係ないとして、そんなこともあって、個人的には、是非〝ひと泡吹かせたい〟と思ってる」

と言って、一息ついた。

続けて、「だけど、それは俺の個人的なモチベーションで、皆は気にすることはないぞ。皆はそれぞれに自分の目標を持って、自分のモチベーションでやってきたんだろ？

それに素直に自分のために戦えばいいよ。今までいっぱい練習して、力をつけてきたし、その練習量と質は、全国のどのチームにも絶対負けてない。ここまでやってこれたことは、絶対自信持っていい。

とにかく、悔いを残さず、思いっ切りやろうぜ！」

続けて、佐島主将。

「明日は、野球部の先輩や、会社のお世話になった人がたくさん応援に来る。そういった人達の想いも、今回ベンチには入れないヤツや、今まで一緒に練習してきたけどたまたま辞めてしまって、この舞台に立てない先輩達の想いも、全部汲み取って、俺達は、ここにいられるだけで、めっちゃラッキーで幸せだってことを、肝に銘じて、チーム一丸、とにかく一生懸命、力一杯やろうぜ！」

こうしてチームの機運を盛り上げ、翌日に備えて早めの就寝となった。

翌日、決勝戦。

ちょっと緊張気味に試合前のシートノックを終わらせ、いよいよ試合開始となった。

ところが、勢いに乗ったチームとは、恐ろしい力を発揮するものだ。

今まで、練習試合もさせて貰えなかった強豪「日進車体」を相手に、「野武士軍団」は、怯《ひる》むどころか牙を剝いて襲い掛かっていった。

初回、いきなりヒットで出塁の尾関を、四番合田がタイムリー二塁打で還し、三回にも合田が3ランの大活躍で先行し、五回を終わって五対〇のリードとなっていた。

その間、守りでは、エース・島野和志が、尾関のリードによる緩急自在の好投で、焦る日進打線を、ほぼ完璧に抑えていた。

当然だが、私も、ベースコーチとして参加していた。

合田のホームランには、飛び上がって喜んだものだ。

ところが、確か六回の表の、我が軍の攻撃の時だったと思うが、エース島野の打席で、相手捕手が投手に駆け寄り、こう言った。

「いいから、ぶつけちゃえ！」

私はタイムを取って、コーチャーズボックスに、島野を呼び寄せて話した。

「今の聞いただろ？　まあ、脅しだとは思うし、ピッチャーにそんな度胸はないとは思うけど、万が一ってこともある。三振でいいから、ボックスの一番後ろに離れてろ」

事の良し悪しは別にして、相手も必死だ。社会人野球の選手はこのためにだけ頑張っている。

その後も小田、高山の適時打で着々と加点し、八回表を終わって七対〇の大差をつけていた。

八回裏に集中打を浴び、三点を返されたが、〝時すでに遅し〟。最終得点は七対三。

思惑通り勝ち運に乗って、勢いのまま、三連勝での代表決定であった。

歓喜

昭和五十一年七月六日午後三時、横浜平和球場。歓喜の瞬間は目の前にあった。

その瞬間、竹内は手で顔を覆って、人目も憚《はばか》らず号泣していた。

結構長い付き合いだが、こんな監督を見るのは初めてだった。

スタンドも大騒ぎで、応援団、ＯＢ達や守衛のおじさん、皆、肩を抱き合って大喜びだ。

特に守衛のおじさん達は、皆、竹内監督以上の〝号泣〟であった。

（こんなにも喜んでくれるんだ）

その光景は、今も、目に焼き付いて離れない。

竹内監督の「マツ、後楽園だぞ！」の言葉と共に、チームの誰彼なく抱き合った感動！　胸に刻み込んで、決して忘れないであろう。

ＭＶＰは、合田であった。

「え、島野だろ？」って声もあったが、そんなことはどうでもよくて、初出場が嬉しくて、嬉しくて、島野本人も、屈託なく喜ぶ姿がそこにはあった。


その夜は大騒ぎだった。祝勝会、最初のうちは〝お偉いさん〟の挨拶があったのだが、その途中からザワザワし出して、お偉いさんも空気を察して、話の途中で「乾杯！」と言った途端のビールかけ。

とにかく初めてのことで、ビールかけなんてのは、テレビでプロ野球の選手がやっているのしか見たことがないものだから、訳も分からなかった。見よう見まねで、そこら辺の醤油でもお酒でも、何でもかんでもかけちゃったものだから、部屋の畳が台無しになってしまい、あとで一〇〇万円以上の修繕代金を旅館から請求されたとの話を、マネージャーの北山万作から聞いて、反省したものである。

旅館での宴会の後は、お決まりの夜の街へ。ほとんどが、旅館の浴衣のまま外出。若手の門田博と高山千明は、なぜか「パンツがなくなっちゃったけどいいか？」と言いながら、ノーパンで出かけてしまった。

宴会時のどさくさとはいえ、〝意味不明〟である。

翌日は工場に〝凱旋帰着〟。

バスが到着する南門には、工場幹部を始め大勢が待ち受け、大歓迎だった。

そんなことは初めてのメンバーばかりなので、眼をパチクリさせて驚き、昨日の二日酔いも吹っ飛ぶサプライズだった。

アズマ電機多摩従業員七〇〇〇人の前での、緊張の工場凱旋パレードであった。

感慨

昭和五十一年七月、真夏の真っ昼間。人工芝の後楽園球場は、おそらく気温四十度は軽く超えているだろう。そんな中、アズマ電機多摩硬式野球部副部長の金山巌夫は〝感慨《かんがい》一入《ひとしお》〟であった。

初出場の都市対抗。つい一時間前には、球場にどう入ったらいいかも分からず、出入りの玉澤スポーツの店員に教えられて、グラウンド入りする有様であった。

スタンドには、三塁側内野席からバックスクリーンにかけて、ギッシリの観客。味方側だけで、一万五〇〇〇人は優に超えているだろう。こんなことは、数年前には思いもよらないことであった。

四年前、請われて、アズマ電機多摩硬式野球部副部長に就任し、全国を飛び回って、無名の高校球児をスカウティングして歩いた日々を想うと、金山はちょっと泣きそうな気分であった。
　初出場第一回戦のスタメンは、
一番（捕）尾関　清一　（二十九）
二番（三）持田　伸一　（二十四・ジャパン運送から補強）
三番（左）磯田　真樹夫（二十六・ジャパン運送から補強）
四番（一）合田　博之　（二十三）
五番（右）野口　政雄　（二十八）
六番（二）小田　芳光　（二十三）
七番（中）高山　千秋　（二十一）
八番（投）島野　和志　（二十四）
九番（遊）丹生　雄一郎（二十五）だ。
　ベテランから若手まで、補強選手も含めて偏ることのない、理想的なメンバー構成である。
　金山のスカウティングによる先発メンバーは、まだ入社三年目ということもあって、合田・高山の二人に留まるが、この大会では補欠であった五島寿志・門馬博など多くの選手が、翌年以降のアズマ電機多摩を引っ張る、中心選手に育っていくのである。

初出場のこの大会は、大阪代表〝D印刷〟との一回戦を、速攻の先制攻撃で勝ち上がり、松山市代表〝四国相銀〟との二回戦では相手投手の好投に惜敗するが、その後アズマ電機多摩が「野武士軍団」と呼ばれ、全国の強豪に名を連ねることになる、最初の戦いであった。


アズマ電機多摩は、この初出場の三年後から、二回連続で都市対抗に出場するが、全部第一代表であった。

その後十年のブランクを経てから、東京都第三代表での本大会出場があり、以降は十年間で七回の都市対抗常連となるが、第一代表での出場は一度きりである。

これが強豪チームの出場形態で、それでこそ〝本当の地力〟が付いたと言えるのであろう。アズマ電機多摩、史上最高の成績ベスト4進出を果たした年も、東京都第二代表であった。

最後の戦い

月日は流れて、平成十一年七月二十九日。アズマ電機多摩、最後の戦いの日が訪れた。

場所は東京ドーム。奇しくも相手は、二十三年前初出場を決めた「日進車体」だ。

アズマ電機多摩の廃部は、この年のシーズン開幕前からの決定事項であった。企業としての経費削減対策として、強化スポーツの整理・統廃合が決定し、アズマ電機多摩硬式野球部は、都市対抗敗退をもって四十五年の歴史に幕を閉じることになっていた。

この時期、バブル崩壊による景気悪化の影響で、同様に廃部となる社会人野球チームが他にもたくさんあって、企業傘下の社会人野球そのものの存在価値を問われた時代でもあった。

そんな中、最終シーズンを迎えたチームは、やっとの想いで東京都第三代表の座を手にし、一回戦、仙台市代表を大苦戦の末の粘り勝ちで退けての二回戦であった。試合は「野武士軍団」の最期に相応しい、豪快なアーチ合戦の末、満塁ホームランとソロホームランの差がそのまま出て、三対六で「日進車体」が二十三年前のリベンジを果たす形となった。

もっとも、その時にそんなことを考えた選手は、一人もいるわけはないのだが、その日のベンチ入りメンバーに、初出場当時を知る人物がただ一人いた。

初出場時の二番手投手で、引退後マネージャーを経験し、副部長になった彦野計一である。

彼にとって、この感慨は如何ばかりのものであっただろうか。推し量るべきもないが、それは私も含めた、アズマ電機多摩野球部ＯＢも、皆同じ想いであった。

試合後の選手通用口。選手の帰還を待つ家族や職場関係者でごった返していた。初出場当時のOBも大勢いて、さながら〝臨時OB会〟の体をなしていた。

三十分ほど経過して、選手達は、最後のミーティングで十分に涙したらしく、目は真っ赤ではあったが、皆笑顔を見せていた。

それでもやはり、家族や友人、お世話になった職場の先輩等を目の前にすると、涙を禁じえない選手も何人かいた。

特に、この日の敗戦投手で、後にプロ入りして日本を代表する投手となる、清山直樹は人目も憚らずの号泣で、その責任を一人で背負っている感があった。

私も、同じ職場の後輩で、コーチの塩山孝夫を待ち、「ご苦労さん」と言った途端に、なぜか涙が溢れて、同じようにくしゃくしゃ顔の塩山と抱き合った。

時が経つに連れてあちこちでそんな光景が見られ、「野武士軍団の最期」を看取った満足感と、「ああ、これで本当に終わったんだ」という寂寥《せきりょう》感は、今も忘れることは出来ない。

こうして、アズマ電機多摩硬式野球部は、四十五年の歴史に終止符を打った。

おわりに

この作品は、昭和四十年代後半から昭和五十年代前半の高度経済成長期の物語です。当時の社会人野球チームの実態を、実体験に基づいて書き込んだフィクションで、無名高校球児を集めた、弱小チームが全国大会初出場を勝ち取るまでの、様々なエピソードをちりばめた「サクセスストーリー」になっています。

そのチームは後に「野武士軍団」と呼ばれる強豪になっていくのですが、本書の題名『野武士軍団の詩』は、その呼称から採用させてもらっています。

文中の人名や会社名は、誰にも許可をもらっていないので、個人情報の観点から、全部仮名ですが、知っている人には何となく分かるように書いています。

ただし、四十年以上も前のことを思い出し思い出し書いているので、若干事実と異なることもあるやもしれませんし、話を盛ったりしている箇所があるかもしれません。

その辺は、「小説」ということでご勘弁ください。

社会人野球、いわゆる「ノンプロ野球」については、皆さんそんなにはご存じないでしょうね。

今どきの若者には、「野球よりサッカー」という方が多いかもしれませんが、そんな方々も、この作品を読んで、少しは興味を持っていただければ幸いです。

それぞれの人物像も、喜びや哀しみ、妬みや軋轢も、正直に書いたつもりです。

そんなところも楽しみながら、読んで頂けたでしょうか。

実は、この小説の読者は、最初は私の二人の姉と息子、娘の四名だけでした。

平成二十七年六月に会社をリタイアしてから、暇を見つけては書き足し、書き足しして、翌年の四月初めにようやく完結したものです。
一、二カ月に一回程度、「読者」にメールで配信していましたが、その間に、息子の職場（某私立高校）の教頭先生（元野球部顧問）が読者に加わり、五名になりました。

その方からは、ご丁寧な感想文まで頂き、かえって恐縮したものです。


不定期な連載（？）中には、一部読者（倅《せがれ》）から「筆が遅い！」とのクレームとも、督促ともつかない、文句のメールも来て、ちょっと嬉しかった記憶もあります。

その評価に気をよくして、また、せっかく書いたものは「少しでも多くの人に見て欲しい」という気持ちもあって、リタイアした職場の後輩にメールで配信しました。

その後、何人かに転送されて、読者も増えているようで感謝です。

実は私、今でも現役でソフトボールをやっていて、平成二十六年にはシニア（六十歳以上）の全国大会に東京都代表で、「オール八王子」の一員として出場しました。


この歳になりますと、全部で六人の兄弟姉妹の中で、四人いた兄や姉も、先ほど話した二人の姉だけになってしまいました。

先般、その姉の一人が名古屋の講演会で、本文中『合田』と称した、今は私など足元にも及ばない有名人を訪ねにいった時、周りの皆は、「あの有名人が、ただのおばちゃんに会ってくれる訳がない」と言っていたらしいのですが、私の名前を出したところ快く会ってくれて、「あの頃のことは絶対忘れない」と言って、懐かしそうに話していたそうです。

その席上で、彼は姉の顔を見て「弟さん（私のこと）そっくり！」と言っていたそうで、姉はそれが一番不満だったようです。

「私って、あんたにそっくり？」と、自分のことは棚に上げてガッカリしていました。

この本をお読みいただいた方へ。数少ない読者の一人として、今後も引き続き、「つまかわ　うじきよ」作品、ご愛読のほど、宜しくお願い致します。

このたびは、私の拙い文章を、最後まで読んでくださり、誠に有難うございました。

平成二十八年六月

つまかわ　うじきよ

著者プロフィール

つまかわ　うじきよ

生年　1950年（昭和25年）
出身　愛知県
在住　東京都八王子市
学歴・職歴等
1969年（昭和44年）３月　私立中京高校（現中京大中京）卒業
1969年（昭和44年）３月　東京芝浦電気府中工場入社
1969年（昭和44年）３月　東京芝浦電気府中工場硬式野球部入部
1976年（昭和51年）７月　第47回都市対抗野球大会出場
2015年（平成26年）５月　嘱託期間満了に伴い退社
（最終勤務先・東芝エレベータ上野原事業所）

野武士軍団の詩《うた》

2016年12月15日　初版第１刷発行

著　者　つまかわ　うじきよ
発行者　瓜谷 綱延
発行所　株式会社文芸社
〒160-0022　東京都新宿区新宿１－10－１
電話　03-5369-3060（代表）
03-5369-2299（販売）

印刷所　株式会社エーヴィスシステムズ

ISBN978-4-286-17809-7